めろめろ

犬丸りん

角川文庫 11822

目次

…
ラッキートメちゃん
（失神中）

ピーコ
ピーコ
ピーコ
わが名はピーコ
(そろいぶみ)

ダイナマイト姉ちゃん

サトシくんは、いつもお姉さんの尻《しり》にくっついています。

サトシくんは五歳。お姉さんはその四つ上。だからお姉さんはいつもいばっています。

その日は親が留守。

お姉さんはハシゴを家の軒にかけて、瓦《かわら》屋根にのぼりました。

「サトシこいっ」

サトシくんはこわごわ後について這《は》いのぼりました。

屋根のてっぺんで、空をみあげて、お姉さんは叫びました。

「天国のお父さーんっ、お母さーんっ、逢《あ》いたいーっ」

(ウソだ)

とサトシくんは思いました。

「お父さんとお母さんは、今、買い物にいってるんだい」

「天国のお父さーんお母さーんっ、あたしはこんなにいい子に育ちましたーっ」

お姉さんの声は、デカくてデカくて。

それなのに、澄んでいました。

ずっと先の銭湯の煙突にとまってるカラスも、ビクッとしていました。

「サトシ、おまえもなんかいえ」

サトシくんはイヤでした。

「いえってば」

「お……お姉ちゃんが好きだあっ」

お姉さんはハッとして。それからイエーイッと叫びました。


お姉さんは中学生になるとロックにハマって、部屋でガンガンCDをかけました。しかも曲にあわせてウオウウオウと吠《ほ》えるのでした。そのうちに、お姉さんの下……二段ベッドの下で寝ているサトシくんの頭の中でも、いつも音楽が鳴るようになりました。

「サトシ、いつかバンド組んで、アルバム作ろうなっ」

小学生のサトシくんは、バンドもアルバムも想像できませんでした。

お姉さんは高校に入ると、コンサートだのライブだの、帰りが遅くなりました。無断外泊もしました。どんどん服装の露出度が高くなり、髪に色がつき、よその星からやってきた極悪怪獣みたいになっていきました。お母さんがウルトラの母になってとっくみあいもありました。お父さんはおろおろしていました。

お母さんは、よくサトシくんを後ろからがっぷり抱きしめていいました。

「サトシ、おまえはまっとうに育ってね」

「うん」

お母さんはすごく肉付きが良くて胸もあるので気持ち良くてサトシくんは素直に抱かれていました。でもお母さんが心配しなくても、サトシくんはマジメで几帳面《きちようめん》な児童でした。そして運悪く、それを誰より知っているのがお姉さんでした。コツコツためていたお年玉が三万円くらいになってるのも感づかれていました。

「それでリードギターを買え」

小学六年のとき無理やり買わされました。

『ファイアーソウル一号』

と、勝手に名前をつけられ、油性マジックでギターの裏に書かれました。さらにお姉さんの同級生であり彼氏でもありアマチュアバンドのギタリストでもあり鼻輪をしている人の家へも連れていかれました。サトシくんはその人からギターを教えてもらいました。

「サトシ、あんた才能あるじゃん」

サトシくんはお姉さんにホメられると木にのぼるブタのように素直な弟でした。

「お姉ちゃんはやらないの？」

「あ、いいのいいの。アタシはボーカルだから」

三カ月間彼氏宅に通ってサトシくんがけっこう上達したころ、

「もう、アイツんちはいかなくていい」

とお姉さんはいいました。ケンカして関係が終わったのです。そのときはサトシくんの方が残念でした。

ギターをかかえてサトシくんは中学生活と思春期に突入しました。

お姉さんはあいかわらずロッカーのおっかけだのライブに入りびたり。タンクトップに、尻が見えるくらいのミニスカートに、ブーツ。その上に革ジャンを着てでかけていくお姉さんを、サトシくんはかっこいいと思いました。お母さんは恥知らずだといい、お父さんは風邪をひくよと心配しました。お姉さんは家の中ではもっとすごくて、風呂あがりなど、スッポンポンで歩きました。そのスッポンポンがサトシくんの夢にでてきました。白くて、むにょむにょした、オバケみたいでもありました。

サトシくんは夢精してしまいました。

（僕……異常かも）

と不安でした。サトシくんは眠れないままギターをかき鳴らしました。でもその抱いたギターのくびれにも、フト、妙な気分になって。サトシくんは……さらにギターをかき鳴らしました。

「サトシ、ゆうべはギターが泣いてたじゃん」

とお姉さんにホメられたりしてサトシくんのギターテクはいやがうえにも向上していくのでした。

サトシくんは、どちらかというと無口でした。

お姉さんがお喋《しゃべ》りで、自分が話す必要がなかったせいです。ギターをはじめてからはよけいに無口になりました。

親に心療内科に連れていかれたこともありました。お母さんは先生に、

「自閉症かも」

「そうなの?」

ヒゲ面の先生はサトシくんにたずねました。

「僕は……そうは思ってません」

うつむいていいました。先生は笑って、

「本人は違うといってます」といって帰してくれました。

お母さんは不満そうでしたが、サトシくんはすばらしい医者だと思いました。
ある日、お姉さんがノートを持ってきました。
「サトシ、曲つけてよ」
『ポエム』
とノートの表紙に書かれていました。
お姉さんのガサツさとポエム。サトシくんは違和感をおぼえました。

ケーキやクッキー　食べれば疲れがとれる　シュガーパワー
でもダイエットもしなきゃ　ベイビー　欲ばり　食いっぷりトゥマッチ
でもお菓子からは光がでてるの　デンジャラスマジック

いつものことだけど　今日もおなかいっぱい　あとの祭り
反省しても手がでちゃう　ベイビー　欲ばり　食いっぷりトゥマッチ
でもお菓子からはオーラがでてるの　デンジャラスマジック

（これがポエムなのだろうか？）

途中でベイビーと入る理由もわかりません。

「……」サトシくんの無口を、お姉さんは、

（感動している）とうけとめました。

「じゃあ、作曲はあんたにまかせたからね」

サトシくんはなんとか曲をつけました。

お姉さんはそれを親の前で大声で歌いました。サトシくんは恥ずかしかった。親たちも恥ずかしそうでした。

おみくじ引いた　ヘイヘイ大吉　もう一度　目をこすって確かめる　フフフン

枝におみくじ結びつけ　歩きはじめる　ステップステップ　大ジャンプ！

心の中で大絶叫　パヤパヤパヤ　恋がくるかも　パヤパヤパパヤ　パパパヤー

五〇円ひろった　ヘイヘイついてる　あたりを見渡せ　誰もみてない　ヘヘヘン

口笛吹きながら　アキ缶蹴《け》れば　ナイスシュート　Jリーガー並み！

心の中で大絶叫　パヤパヤパパヤ　春はすぐそこ　パヤパヤパパヤ　パパパヤー

（姉ちゃんだいじょうぶか？）
一緒に暮らしていてもわからないものです。自分の姉が、拾った五〇円にこんなに興奮する人間だったとは。パヤパヤパパヤ春がくるとは。

都営浅草線にとびのる　ギリギリセーフ　視線が刺さる
バッグがドアにはさまれてる　そのまま　ゴー
バッドデイの幕開け！
あわててトイレにかけこむ　ギリギリセーフ　紙がない
ティッシュ配りの　パンク兄さん　無視しなきゃよかった
後悔してもおそい！
デートに遅れそう　ダッシュでコケた　アゴすりむけた
バッグの中身　都会にバラまいて　ひろってくれる人もない
彼氏もやってこない！
もう家に帰ろう　酒のんで気分転換　明日は晴れるさ
飲み過ぎて　二日酔い　そのまま　バイト

頭クラクラで！
都営浅草線にとびのる　ギリギリセーフ　ラッキーな一日
そうなりますように！
神よ見捨てないで！

（放っておこう）

とサトシくんは思いました。

お姉さんは狂ったようにポエムしつづけました。

サトシくんたちの住む市に市立水族館ができることになりました。シャチのショーがウリです。開館に併せて『シャチの歌』が大募集されました。

「サトシ、応募するぞ」

お姉さんはやる気でした。

シャチよなんでそんなにツルツルなの！　ハゲてるの？
海をツルツル泳ぐため　シワはないの　年齢はどうやって　判断するの
どこで見わけるの？

シャチよなんでそんなに早く泳ぐの？　ターボエンジン
パンダみたいな模様　なのに急ぎすぎる　早すぎる　動きが早すぎる
ストレスたまってるの？
シャチよいろんな芸もできるんだね！　サーカス出身かい
ほんとは海に帰りたい　そうだろ　おまえたちは自由だ　無職だ
どこへでもいけるんだ！

（この内容は水族館の存在じたいを否定するのでは？）

と思いつつ曲をつけました。予感は的中し、落選。

「なぜだっ。シャチに選ばせたか？　シャチならわかるはずだっ」

お姉さんは怒っていました。

高校をでたもののお姉さんは就職はせずバイト暮らし。バイト先の喫茶店を覗《のぞ》いたら、家でもしたことのないエプロン姿のお姉さんがいてサトシくんはびっくりしました。

「あんたが高校でるのを待ってるんだからね」

とお姉さんはいい、

「サトシは巻き込まれないで」

とお母さんはいいました。サトシくんは期待されていたのです。お姉さんより成績も良くて、学校でも進学を薦められていました。ただ、そのころにはもうサトシくん自身が、音楽しかない、という気持ちでした。

「サトシと、紅白歌合戦にでてみせる」

お姉さんは親に豪語。

(姉ちゃんそれはいわない方が)

とサトシくんは思いました。

サトシくんが高校を卒業すると、お姉さんはさっそく音楽雑誌でバンドメンバーを募りました。

『メンバー若干名募集。当方、姉ボーカル二三歳、弟リードギター一九歳。世界志向』

でも反響なし。姉弟というのが「内輪の趣味レベル」と思われたのかもしれません。そのくせ野望がデカいのも怪しがられたのかもしれません。

やがて一通だけ、連絡がきました。

『僕らも兄弟です。ベースとドラムです。明るい性格』

駅前のドーナツ屋で待ち合わせて会いました。

双子でした。

今くん、昔くん、という名前で、サトシくんより一つ上でした。齧《かじ》りかけのそれぞれのドーナツに残る前歯の歯型も同じでした。くりっと大きな黒目も、前歯のちょっと出具合も同じ。ただ違うのは、片方が白い毛糸帽子をかぶり、もう片方が黒い毛糸帽子をかぶっているという点でした。なんか黒白のウサギみたいでした。お姉さんはデモテープも聞かないうちに、その場で、

「おもしろいから、あんたたちに決めるわ」

と即決しました。

(姉ちゃん、おもしろいからOKという表現は失礼なのでは?)

サトシくんはヒヤリとしました。でも双子は性格がいいみたいで、

「わーい」

と喜んでいました。そのわーいがハモっていました。お姉さんは、

「ここはおごるから」

と偉そうにいいました。二人は「ごちそうさま」と丁寧にお礼をいうと、その日はサトシくんたちと握手して帰っていきました。あとでテープを聞いてわかったのですが、ハモりはすごいわりに、今昔ブラザーズの演奏テクはイマイチでした。

「しまったあっ」

お姉さんは直接電話をかけて、

「あんたら、ヘタじゃんっ。練習してもらうからねっ。……え？　踊ってどうするっ」

と怒っていました。

『僕たちギターはイマイチでも、双子踊りができます』といったということでした。

ともかくバンドは結成されました。

双子に、これまでお姉さんとサトシくんが作った曲を聞かせました。

「わーい、おもしろいね」と今くんがいいました。

「僕らと音楽的嗜好《しこう》がピッタリだよ」と昔くんがいいました。

（ピッタリでいいのだろうか）

サトシくんはかえって不安になりました。

練習は、スタジオなんてそうそう借りられないので、サトシくんの家でしました。

そのころには「二、三年だけならいい」とやや折れていたお母さんも、今くんと昔くんを、「すごくいい子たちねえ」と気にいっていました。二人はなにしろウサギみたいだし礼儀正しい。夕飯なんかごちそうすると、ちゃんと正座して「あ、おいしいです、このヒジキ」なんてニコニコしながらお母さんの手料理を食べるのです。

でも、後になってわかりました。

双子が「いい子」なのは、彼らが好む特定の人物の前だけ、ということが。

繁華街にあるスタジオで練習した帰りのことでした。酔っ払いにからまれました。双子とサトシくんとお姉さんはバンド名を正式に『オニオンヘッド』と決めて髪の毛も脱色し金髪にしていました。双子の実家は玉ねぎ農家なのです。宅配でサトシくんちにも送ってくれて、お母さんは喜びました。お姉さんがその玉ねぎをじーっと見て、

「玉ねぎの頭って、かわいいな」

とつぶやいてバンド名が決定したのです。

話をもどします。サトシくんたちは繁華街を歩いていて、酔っ払いにからまれました。

「なんだあ、その頭はよお。おめえらみたいな若いのが日本をダメにすんだよなあ」

といわれて双子は同時に叫びました。

「髪で判断するなっ。僕ら、夢もってんだからねっ」

双子の顔色が同時に白くなるのを、サトシくんは見ました。双子は同時に酔っ払いにとびかかり、グーでなくパーで叩《たた》きはじめました。ドラムみたいに叩かれて酔っ払いは逃げていきました。お姉さんは「ようし」とうなずいていました。

お姉さんは、デビューのチャンスをねらっていました。

サトシくんや双子も「僕たちもバイトする。お金ためて自主制作ＣＤを作ろう。七〇万

円くらいあれば五〇〇枚くらいのプレス代やスタジオレンタル料も払えるよ」とか「ライブをやろう」とか「コンクールに出場しよう」と提案しました。お姉さんは「しゃらくさい、あたしに考えがある」といいました。

どんなすごい考えかと思ったら、有名ロックグループを抱える大手レコード会社の敏腕プロデューサーとして名高い前田信次氏が会社からでてくるのを待ち伏せして、ダーッと走っていって、

「聞いてくださいっ」

とデモテープを渡す、というストレートで乱暴な作戦でした。

紫色の携帯電話を握って話しながら歩いていた前田氏は、玉ねぎ頭四人衆にギョッとして、テープは受け取ってくれたもののそそくさと紫色のスポーツカーに乗って去っていきました。

「ちゃんと聞いてよねーっ」

お姉さんは車に向かって叫びました。前田氏が振り返ったくらい、デカくて澄んだ声でした。

おもしろそうだから契約したいと連絡がきたのは一週間後でした。

え？　え？　といっているうちに、あれよあれよとデビュー企画がすすみました。録音

とプロモーションビデオの撮影をかねて「ロスにでも行ってリラックスしてやるかい？」と紫色のネクタイをしめた前田氏はいいました。しかしお姉さんは「外国にいきゃいいってもんじゃない。日本人なのだから日本でいい。リラックスするなら温泉だ。熱海《あたみ》だ、伊豆《ず》だ」と主張しました。

サトシくんや今昔ブラザーズは、陰で、

「いきたいよねロス」

「姉ちゃん、外国苦手だったりして」

といいあいました。結局、温泉に入ったりサルにエサをやるファーストビデオが完成しました。

同時に、CMソングの仕事ももらいました。食肉会社がクライアントの『お肉の歌』というのを作詞作曲して歌う、というものでした。しかも牛や豚や鶏のキグルミを着て演奏しろというのです。

サトシくんは「ロッカーがカッコ悪いよね」といい、お姉さんも当然不満だろうと思いました。でもお姉さんは、

「どんな形だって、愛と魂はこめられる」

とかいいだして引き受けてしまいました。今昔ブラザーズの双子の豚はとてもかわいい

ものでした。そしてこれが……ヒットしちゃったのです。

お肉の歌はテレビで流れるや、庶民のハートをムニュッとわしづかみ。

サトシくんたちのイメージも固まりました。コンサートで牛や豚に着がえるとウケまくりです。

世界は一変しました。

雑誌のインタビューはつづくわ、テレビの歌番組にはでるわ。牛の格好をしたサトシくんの隣にアイドルの女の子が座るのです。ぼーっとしたサトシくんを、鶏のお姉さんがクチバシでつつきました。

サトシくんたちの歌は「コミックソング」といわれました。

曲のタイトルだけでそう思われました。『チクワ賛歌』だの『スーパーサラリーマン』だの『八百屋ブルース』だの『子豚王子』だの。もちろんお姉さんは『シャチソング』もファーストアルバムから外しませんでした。

成功は嬉《うれ》しい。でもウソみたいに忙しくなって、悲しいこともありました。

お姉さんはもともと絶叫型です。休めなくて声が嗄《しゃが》れて、それでも番組収録まぎわに、喉《のど》に注射を打たれるお姉さんを見ていたら、サトシくんは「もうこんなことはやめよう」といいたくなりました。

でもお姉さんはへこたれませんでした。

お姉さんは、相手がサトシくん一人でも千人でも、同じように態度がデカいままでした。サトシくんに対するのと同じように命令口調でした。その命令のままにファンは立ちあがり、踊り狂い、手をひらひらさせるのです。ありがたいなあ、とサトシくんは思います。嬉しいね、と双子もいいます。お姉さんは、当然、という顔をしていました。

「決まったっ、全国ツアー。四〇カ所っ」

マネージャーの沢田さんが楽屋に駆けこんできたのは、デビューして二年目のことでした。沢田さんは丸顔です。鼻の穴が前を向いています。その穴が今日はさらに広がって、指を入れて転がしてボウリングのピンを倒したくなる顔面になっています。

「それでねっ。ファイナルは、武道館っ」

この知らせは、やっぱりサトシくんたちを涙ぐませました。

新人バンドにしては最短コース、ラッキー過ぎるといわれました。けれど二年の間にはやっぱりいろんな出来事がありました。

今くんがはりきり過ぎてステージから落っこって入院したり。

昔くんまで「同じとこが痛むよう」といいだしたり。

ハードスケジュールにお姉さんがキレて博多で失踪《しっそう》して、コンサート直前に屋台でトンコッラーメンをすすっているところを沢田マネージャーに捕まったり。

その沢田さんがお姉さんに「仕事に私情を持ち込んではならないと我慢してきたが」と恋を告白したのに「アタシ、その気ないから」とあっさりフラれてしばらく落ち込んだり。

心配してた親たちも今では応援してくれるようになって、それは嬉しいことでした。

全国ツアーが、はじまりました。

サトシくんたちは燃えました。毎日毎日、興奮がさめないまま翌日になだれこんでいく過密なスケジュール。最高に楽しかったけど、その繰り返しの中で、体力気力をキープしつづけるのはけっこう大変でした。ホテルを転々とする暮らしがつづいて、ストレスがたまって、少し気持ちがおかしくなることもありました。

歌うことの大好きなお姉さんも、一度、リハーサル中に、

「帰るーっ」と絶叫したことがありました。

スタッフがしーんとなって。

「トカゲーっ」と今くんが叫びました。

「ヤモリーっ」と昔くんが叫び、

「ヘビーっ」とサトシくんも叫んでごまかしました。

ツアーの間に、サトシくんは二二歳になりました。お姉さんはやっぱりその四つ上。

「わーい、四捨五入するとスゴい」と双子にいわれて、ぶっていました。

そして迎えたツアー最終日。

やっぱりミュージシャンとしては夢だった武道館を目の前にして、サトシくんは心臓がバクバクしました。バレンタインデーだったこともあって、楽屋にはたくさんチョコが届いていました。サトシくんと今くんと昔くんで食べまくりました。

開演五分前。今くんの鼻の穴から、タラーと血がたれました。それを見た昔くんが、

「あーハハ、今くん血だー」

と笑ったそばから同じように赤いものが、ツーと流れました。

双子がティッシュを鼻につめて登場したのでウケました。

お姉さんは歌いはじめました。

目の前に、海原のように広がる観客席。アリーナを含めて一万三千人。それがさざ波のように揺れて。ときに大波になって……。サトシくんはときどき目まいをおぼえました。

「今日《きょう》はーっ、ありがとーっ」

お姉さんは汗まみれで叫びました。ステージの終盤です。

ファンが、うねりのような声を返してくれました。

お姉さんはMCのとき、いつもアドリブで喋《しゃべ》ります。

「今日はバレンタインだよーっ、愛を贈ったーっ?」

またうねり。ファンはいちいち盛りあがってくれます。

「聞いてーっ、実はねーっ」

サトシくんはギターのチューニング中。お姉さんが一人で一万人を相手にしていました。

「サトシとアタシはーっ、血がつながってないのーっ」

ざわり。一万人のざわつきです。巨大なイモムシでも這《は》っているようです。

サトシくんもギターから顔をあげました。

「サトシはー、もらいっ子なのーっ」

ファンはいきなり複雑な家庭事情を聞かされてぼうぜんとしていました。

サトシくんもです。でも次の瞬間……サトシくんは、心のどこかで、

(やっぱり……)

と思ったのです。サトシくんは親たちとちっとも似ていません。むかし近所の人がサトシくんに「かわいそうね」なんてチョコをくれたこともありました。中学のころにはうすうす感づいていました。でもサトシくんは別に平気でした。両親も好きだったたし。お姉さんも好きだったし。

「あたしはーっ、サトシが好きーっ。ずっと　ずっと　好きだったーっ」

客席から悲鳴のようなものが聞こえました。一万人が混乱していました。

「アタシは今からーっ、サトシに、結婚を申し込むーっ」

ファンはいきなりプロポーズに立ち会わされてパニック状態でした。

「サトシーっ、あたしを、ヨメにしろーっ」

ざーっと一万人が総立ち。なんかよくわかんないけどとにかく立ちあがっていました。

サトシくんは、ちらりと今昔ブラザーズを見ました。

双子は踊っていました。手をつないで足をあげて。ラインダンスみたいな踊りです。

（あれが双子踊り……）とサトシくんは思いました。

サトシ、サトシ、サトシ。一万人の合唱がサトシくんの返事を催促しました。口笛も交じります。サトシくんは……マイクを握りました。

「あー……本日は、晴天なり……」

しーん。はずしたのです。

「あ！……えーと、お受けいたしますっ。僕も姉ちゃんが好きでしたーっ」

うおおお。拍手の渦。泣いているファンもいました。

サトシくんは、落ち着いていました。迷いもありませんでした。お姉さんを愛していることは、サトシくん自身にとっても、ずっと隠してきたヒミツでしたから。

「すごいね、鬼畜みたいだね」

今くんがお祝いの言葉をくれました。

「僕たちコミックバンドでなく、これからは変態バンドっていわれるかもね」

昔くんも嬉しそうでした。

昔くんがドラムに戻って、サトシくんたちはラストの音をだしはじめました。お姉さんもマイクを握りました。

サトシくんは、思いだしていました。あの、屋根にのぼった日のことです。

(姉ちゃんは、あのとき、僕のかわりに叫んでくれたのかもしれない……)

と思いました。

(そして姉ちゃんにとっても、あれが出発だったのかもしれない……)

あのときから、お姉さんも叫びはじめたのです。

サトシくんの、そして人々のかわりに。悲しみや怒りや喜びを。

私はブルー　かたくなな　この心
あなたは水　私をとかしてくれた
私はブルー　空をぬるわ

あなたとその空を　飛べるように
私は闇《やみ》　冷えきったこの世界
あなたは光　私にさし込んでくる
私は闇　小さな種になるわ
いつか夢をあなたと　咲かせたいから

お姉さんが、ラストに歌った歌です。

サトシくんたちのバンドは、近ごろはこんな歌も歌うのです。

サトシくんとお姉さんは結婚しました。

双子はお姉さんの告白が気にいったらしく、あれ以来ときどきサトシくんやスタッフをつかまえて、

「聞いてー、僕たちもほんとは血がつながってないの。それでねー、愛しあってるの」

と手をつないでハモりながら告白し、みんなに無視されています。

愛のめざめ——和尚様篇

山奥のお寺です。こんもりとした木立に埋もれています。本堂の横に道場があって、人が二人きり。向かいあっています。

一人は、生き仏……いえ、とっても小柄な痩《や》せ枯れた老人です。

一人は、小学2年の小さな女の子……汗をかいた肌から湯気までたって、目には負けん気の炎が燃えています。

七五歳の清心和尚様と、カオルちゃんが、組み手の練習をしているのです。

「だーっ」

と、ちっちゃな拳《こぶし》の水平突き。

それを血管の浮き出たシミだらけの腕が軽ーく払ってかわして。

「ホッホッホ」

和尚様、楽しい楽しい。痩せ枯れてても強い。読経《どきよう》の名手というだけじゃない。宗派につたわる拳法《けんぽう》の達人でもあるのです。そしてカオルちゃんは夏休みだけの教え子。一カ月だけの師匠と弟子なのです。

道場のコウシ窓から、朝日がさし込んでいます。

入口に脱がれた草履《ぞうり》にも、朝日の影。大きな草履と小さな草履。どちらもきちんとそろえてあります。

一五日前。

その日はじめてカオルちゃんが脱いだ草履は、散らかっていました。

「はきものをそろえなさい」

和尚様はいいました。

「自分の足元を整えんでどうする。それがすべてのはじまりだよ」

カオルちゃんはムッとした顔になり、でも戻ってチョンと草履をそろえました。

和尚様が次に教えたのは、礼です。

「こうして、手を合わせてな」

合掌礼です。拳法の構えでもあり、挨拶《あいさつ》でもあり、食事の前のいただきますでもあり。すべてのはじまりと終わりにおこなう礼式です。カオルちゃんはマネして小さな手を合わせ、チョンと頭を下げました。その瞬間から、カオルちゃんと和尚様の夏休みがはじまったのです。

それから二週間もしたら、カオルちゃんは拳法の基本技をひととおり覚えてしまいました。

もともと運動神経のいい子なのです。なにしろ「寺にあずけたい」という親からの手紙の内容は以下の通り。

『……（中略）というわけで、兄三人の下に生まれたせいか、活発をこえ乱暴で困っております。礼儀や落ち着きが身につけば、と願っております』

兄たちに囲まれたサバイバルな環境が、カオルちゃんを「戦う末っ子」へと鍛えあげたのです。

はあはあ。ふうふう。ミーンミーン。

二人の吐く息づかいと、あとはセミの声。

山寺です。

お彼岸やお盆には多少にぎわいます。でもそれ以外はしーん。ときどき、山のふもとにポツンと一軒ある農家のチヨばあちゃんが、米や野菜を担いできてくれて、和尚様が暮らす離れの家屋の縁側でお茶を一服いただいてお喋《しゃべ》りして帰るくらい。あとは晩にタヌキがエサをねだって山を降りてくるくらい。和尚様が夜たまに見るテレビから、プロ野球ニュースや歌謡曲が聞こえてくるくらい。

そんなさみしいお寺で和尚様が開校した『自然学校』の、カオルちゃんは一期生なのです。和尚様の考えたアイデアです。この夏休みがはじまる前に、お寺のある山から二〇キロばかり離れたところにある大きな町の広報誌に募集記事をのせてもらったのです。

●『山寺で都会の子あずかります。夏休みの一ヵ月、自然の中で過ごさせてみませんか』
●『拳法による精神修養、護身鍛練、健康増進』
●『礼儀作法、親孝行も教えます』
●『規則正しい生活、費用は一ヵ月分の食費等、一万円のみ』
●『責任者／真田清心：天外寺住職、清流寺派拳法師範』

けっこう反響がありました。正確にいえば子どもにではなく親にですが。費用の安さ、ファミコン三昧《ざんまい》のわが子に対する不安、夏休みを親自身がのんびり過ごせること。

三〇名近い子どもらが、親につれられてやってきました。

和尚様の顔を見たとたん、一人の子が泣きはじめ、つられて五人の子が泣きだしてそのまま帰りました。

さらに二、三日で半数が脱落。理由はいろいろです。外のトイレが怖い。風の音が怖い。

川の音が怖い。虫に刺されてかゆい。セミの声がうるさい。ご飯のオカズが少ない。コンビニやスーパーやゲーセンがない。正座で膝《ひざ》が痛い。朝の膳《ぜん》のお粥《かゆ》を入れるお椀《わん》は、食べ終わるとお湯を注いで飲んでそのましまいます。それが「汚いからヤダ」と泣いた女の子もいます。カオルちゃんを指さして「この子がぶった！」と泣いた男の子もいました。みんな携帯電話やポケベル持参だったので、自分で親に連絡をとって下山してしまいました。

和尚様は、がっくりきました。

シワも二、三本増えました。和尚様はすでに顔中が、うずを巻いたようなシワ模様です。でも自分で顔を洗って触ったりすると、

（あ、増えた）

と、ちゃんとわかるのです。

カオルちゃんが一人、残りました。

和尚様は気をとりなおしました。そのカオルちゃんが元気だったからです。一人になっても、さみしがるでもなく、鶏小屋の鶏や野良猫やタヌキを追いかけまわして動物たちに嫌がられているのでした。

じつは和尚様、カオルちゃんには初日から注目していたのです。

寺の門前まで送ってきた親に「ばいばーい」と手を振って、クマのヌイグルミ型のリュックを背負ってタタタと山門から階段をかけあがってくるその足のバネに、

（できる！）

と和尚様は直感しました。

基礎体力はすでにじゅうぶん。いえ、じゅうぶんすぎるくらい。

拳法を教えたら喜ぶ喜ぶ。拳法がケンカでないことをわからせることの方が一苦労でした。和尚様にとって拳法は行の一つ。カオルちゃんにとっては格闘技。基本動作を覚えると「やろうやろう」と和尚様との組み手を望むのです。プロレスも拳法もない。仏の道もない。受け技にも関心がない。飛《と》び蹴《げ》り大好き、しかもうまい。

「だーっ」

と自分で叫んで突進してきます。

でも和尚様はなにしろ達人。ひらりとかわす。ひじで払う。

カオルちゃんはどんぐりコロコロと転がって。そのまま道場の壁にゴンッと頭をぶつけて。痛いのとくやしいのとで泣きながら、でもまた「だーっ」とかかってくるのです。

（きかん気よの）

和尚様、困りながらも楽しい楽しい。

子どもに触れると、元気がでます。

でも自分の子は持てません。戒律にそって独身を通してきたからです。他宗派の中には、剃髪《ていはつ》しなくてもOK、肉食もOK、酒もOK、結婚もOK、念仏さえ唱えればなんでもOK、といったものもあります。でも和尚様の宗派はストイック。だから七五歳にして童貞です。仏につかえ、世俗の営みとも風俗産業とも無縁なまま四分の三世紀。健全なまま衰えた七五歳の肉体に健全なる仏道精神が宿っているのです。

まあでも、若いころはやはり煩悩に悩みました。町におりればピンク映画のポスターのタイトルも目に入り、脳のアルファ波が乱れたりもしました。そんな自分を厳しく変革してきました。各地の寺をめぐり高僧と問答し、技を交え、また旅立って。孤独に耐えながらの仏道一直線。

でも、代を引きつぐ者とてなかったこの山寺に落ち着いて一〇年。七〇歳も過ぎたころから、フト思うのです。

（自分一人悟れば良いのか？　次世代をになう者に何かを伝えないでどうする？　人とかかわってこその修行ではないのか？）

なーんて。表現すればカッコいい。まあ、ようは和尚様、人恋しくなったのです。

なにしろ毎日が平凡。タヌキや鶏やチヨばあちゃんだけが友だちです。つい気もゆるんで、ほんとうは午前五時には起きなければならないのに朝寝坊したりして。

「しまったしまった、寝坊主寝坊主」

ブツブツいいながら寺の戸開けをして。それから仏様に朝のお供えをして。それからお寺を開門して。午前六時の明け六ツには鐘をつかなくちゃいけないのに五分くらい遅れたりして。あわててゴンゴン叩《たた》いたりして。あとで、チヨばあちゃんに、

「和尚様、ちゃんと時刻に叩きなすって」と注意されたりしていたのです。

「いいやな、あんたくらいしか聞いとらんのだし」

「いくないす。仏様聞いてなさっから」

「おうそっか、ハハ、忘れとった」

和尚様、膝《ひざ》をパチンと打ったりして。そんな暮らしにちょっと刺激がほしくなったときに、カオルちゃんがやってきたのです。

技をおぼえたてのころ。カオルちゃんは道場外でもそれを使いました。寺の戸の障子紙は、カオルちゃんの突きで穴だらけになりました。カオルちゃんは興奮で真っ赤な顔面で、ズボズボ突きつづけていました。その姿勢の良さと突きの早さに、

(みごと!)

と一瞬、和尚様は見とれつつも、こらあっと叱《しか》り、

「その力をコントロールせい」

と教えました。カオルちゃんはコントロールの意味がわからないので、ただ、

「うん」

とうなずくのでした。

カオルちゃんの心には「お兄ちゃんたちをやっつける」という壮大な夢があります。いわば鬼退治。人間、目標があればこそヤル気もでます。だからカオルちゃんは帰らなかったのです。和尚様との訓練も「勝負」と考えて燃えているわけで。だから和尚様に勝てないことがくやしいくやしい。

だから和尚様は、道場外でもスキあらばカオルちゃんにねらわれていました。縁側でひなたぼっこしているときなどにも、背後から忍びよってきたカオルちゃんにいきなり「だーっ」と襲われたりします。

そんなわけで、和尚様、カオルちゃんがきてから、けっこういつも緊張しています。

もちろん後ろからだろうと前からだろうと、寝ていようと起きていようと「殺気」を感じれば身をかわせます。達人だから。

ただそれが、和尚様の弱点でもあるのです。たとえばカオルちゃんは寝相が悪い。隣どうしふとんを並べて寝ていると、ゴロゴロ寝返りしながら寄ってきて、夜中に和尚様の顔

面をキック。それが和尚様にはよけられないのです。

はあはあ。ふうふう。ミーンミーン。

今日も戦い済んで日が暮れて。合掌して。演練のあとはお掃除です。

カオルちゃん、ここへきて、ゾウキンがけも初体験しました。

はじめてやり方を教わったとき、カオルちゃんはおもしろくて、「だーっ」とゾウキン走りして、また「だーっ」とおりかえして走って、何度かやって「ふう、疲れたー」と、はじめてそれが労働であることに気がつきました。

「もうヤダ」

といいましたが、和尚様に、

「いったんはじめたことを途中でなげてはいかん」

といわれてムッとして、またゾウキン走りするのでした。それが今では、黙って廊下をいったりきたり。スピードもアップしました。

お掃除のあと、ようやくお風呂《ふろ》です。

カオルちゃんと和尚様は、背中を流しっこします。

和尚様は湯船の中から、頭を洗っているカオルちゃんをニコニコ眺めています。

小さな背中やお尻《しり》は、和尚様がクルクル洗ってあげます。

（お地蔵様を洗わせていただいているようだ）

和尚様はカオルちゃんのお尻をぺちんと叩いて、フフフと思ったりして。

「なにすんだようっ」

「おーっほっほ」

と喜んだりして。

和尚様、けっこうアブない。山奥に一人すっこんでいるのは正解かもしれません。都会にいたら、ロリコンなんて呼ばれていたかもしれません。仏の道を選んで良かった。経典にものっていないし、ロリコンなんて言葉じたい和尚様は知りません。だから悩まないですんでいます。知っていたら、なんか妙に悩んでしまって、頭を丸めて仏門に……あ、もう入ってますね。

お風呂のあとは、食事です。

和尚様手作りの、精進料理です。

雑穀ご飯と、チヨばあちゃんちで採れた野菜の煮物。和尚様、いろりやカマドを使って手際よく調理していきます。カオルちゃんもお手伝いです。ヤマイモをする和尚様の、すりばちを押さえる係。

はじめのころ、カオルちゃんは食事内容に不服そうでした。

カオルちゃんの家族は肉食派です。家ではトンカツや焼き肉をお兄ちゃんたちと争ってガッガッ。弱肉強食一家に生まれ落ちた宿命として、幼い身でサバイバルな食卓にとびかかり、肉片を奪いとってきたのです。

「肉を食らえばケダモノになる」

和尚様は、すでに小さなケダモノであるカオルちゃんにいいました。

「自分の体より大きなケモノなど、本来食うべきではないのだよ」

そんなこといわれたら、小さなカオルちゃんなんて、子ブタの肉すら食べられません。

精進料理こそ、カオルちゃんにはヘンテコに思えました。

フキやワラビの山菜料理。ガンモドキ。ゴマ豆腐……。色も形も味わいもシュールレアリスティック。七歳児には渋すぎるメニューです。でもキュルキュル鳴く腹の虫には勝てません。カオルちゃんはちょっとムッとしながらも、はむはむと食べるのでした。

ご飯のあとは、問答です。

たとえば和尚様はこうきりだします。

「カオルに問う。『だーっ』とはなんぞ?」

「カオルねー、幼稚園でねー、ちょうちん踊りでちょうちんの役やったときも『だーっ』ていったんだよ」

カオルちゃんは自慢げに答えます。

「ちょうちん踊り……とはなんぞ？　そしてなぜ偉そうにいう？」

「あのねー、こうやってこうやって、踊ったの」

カオルちゃんは踊りだし、二人の問答は答えのでないままはてしなく拡散していくのでした。

カオルちゃんが来てから、チヨばあちゃんも足繁《あししげ》くやってきてくれます。サツマイモのふかしたのやら、温めたコンニャクに甘ミソをぬったのやら、手作りのオヤツを持ってきてくれるのです。カオルちゃんはその日も、縁側で、チヨばあちゃんの持ってきた風呂敷包みをとこうとしていました。

「カオルちゃん、その前に、ちいとおばあちゃんの肩叩いてくれんかい」

「いいよ」

背中にまわってトントン叩くうちに、カオルちゃんの拳《こぶし》はしだいに水平に打ちだされていきました。ストストとチヨばあちゃんの背中を突きます。正式な名称では上段直突き。

チヨばあちゃんはニコニコ。

「ああ、気持ちいい、いい子だねえ、カオルちゃんは」

カオルちゃんはうれしくなって、ドスドスと突きました。

チョばあちゃんもうサンドバッグ。なのに「ありがとよ」なんて。チョばあちゃん、もう神経もニブいのが幸い。

「こらあっ」

やってきた和尚様は仰天しました。

「年上の者をいたわらんかっ」

和尚様は堪忍袋の緒が切れたとでもいうように「罰だっ、オヤツは抜きっ」とまでいいました。カオルちゃんも、かなりムッとしました。目が燃えています。

「なんじゃ反省しとらんのかっ、老人をいたぶるためならもう練習もせんでいいっ」

カオルちゃんはわーっと泣きだしました。

「だーっ」

と叫びながら裸足《はだし》で庭へおりて。鶏小屋へ走っていって。中に入ってしゃがんでしまいました。

なぜ泣いて走っていく先が鶏小屋なのか。

それは仏道をきわめた和尚様にも、農業をきわめたチョばあちゃんにも、わからないのでした。

鶏も迷惑そうです。カオルちゃんはまだしゃくりあげながら、鶏小屋の網の中から、くやしそうに和尚様をにらんでいます。チヨばあちゃんをつい叩いてしまったのはいけなかったけど。「年上の者をいたわれ」なんていわれてもよくわからない。カオルちゃんにとってはたいていのイキモノは自分より年上です。プロレス技をかけられ泣かされてきたお兄ちゃんたちもいたわらなければならないなんて、それじゃあカオルちゃんは損してしまう。

老人二人は、カオルちゃん抜きで縁側でお茶しています。あ、風呂敷をといた。なんだろう、今日はなんのオヤツかな。カオルちゃんはくやしくてまた泣きました。

晩になっても、和尚様はカオルちゃんを放っておきました。

さみしいけど、お風呂も一人で入りました。

久しぶりにテレビなんかつけて、テレフォンショッピングの万能包丁を、

(ほしい)

と思いつつ、

(反省するまで厳しくせねば。あの粗暴さをコントロールさせねば)

なんて考えていました。

でもカオルちゃんは反省していませんでした。実はこのときすでに鶏小屋をでて座敷にあがり、和尚様の背後に忍び寄っていたのです。

「どれ、カオルの分も食べてしまおうか」

和尚様は、チヨばあちゃんが持ってきたボタモチの残りの一個をつまんでぱくり。

その瞬間でした。

カッと頭にきたカオルちゃんがとびだしたのは。

「だーっ」

ハッ、と振り向いた和尚様の胸を一撃。飛《と》び蹴《げ》りがモロにきまりました。その拍子に、食べかけていたボタモチが、和尚様の喉《のど》につまりました。

「うっ」

身を丸めた和尚様の背中に、二発目のカオルちゃんの蹴りがさらに命中。と同時に、

「うけっ」

と和尚様の喉からボタモチが飛びだしました。お見事！

翌日。二人は道場でいつものように静かにそして激しく組み手していました。

明日は別れという日。二人は縁側でお月見をしました。チヨばあちゃんが作ってきてくれたお団子もあります。

満月です。カオルちゃんは口をあんぐり。町では見たこともないキリリとした顔のお月様です。

二人が月をながめているというより、お月様にながめられているみたいです。あ、タヌキもでてきました。

「カオルねー、お月様にいってみたい」

カオルちゃんは、お団子を半分投げてタヌキにもあげました。

「ふふ。ワシなど、もうすぐ月の方からお迎えにくるわ」

「カオルも、一緒にいってあげようか」

和尚様は、月明かりの中でカオルちゃんを見ました。カオルちゃんが、小さな仏様に見えました。

(ありがたい……)

和尚様は心の中で合掌しました。

そうして仏様に供えるように、お団子を「もう一個どうかな」とカオルちゃんにすすめるのでした。

別れの朝、和尚様は泣きそうでした。でも和尚なので我慢しました。でもまた、

(泣きたいと思う心を我慢するのは不自然だ)

と思って、

「カオルうー」

と泣きながらカオルちゃんを抱きしめました。

カオルちゃんの方が、唇を仁王様のように一文字に結んで我慢していました。

「またくる」

とカオルちゃんはいいました。

本当にきてくれるでしょうか。子どもも山をおりれば毎日忙しいのです。

和尚様は、山門の上から、階段の下に横付けされた車に乗り込もうとするカオルちゃんを見おろしていました。和尚様の隣で涙ぐんで手をふるチョばあちゃんに、カオルちゃんも手をふりました。親が頭をさげ、和尚様も合掌しようとして、

(あっ)

と思いました。

カオルちゃんがピッと姿勢を正し、こちらに向かって手を合わせたのです。

ひじを真横に張った、合掌礼です。小さな手のひらの。でも威厳のある礼です。

(おお……おお……)

和尚様の、七五歳の心臓がキュウンとなりました。

和尚様も合掌し、礼を交わしました。この瞬間、和尚様は、二人の交わりが、

(はじまるのだ)

と感じました。師弟愛のはじまりの予感です。和尚様は嬉しくてドキドキしました。

（カオルはまた来年きっとくる）

と思いました。

車を見送り、和尚様とチョばあちゃんは寺にもどっていきます。

翌朝。和尚様は、一人でつまらないので拳法の練習はサボって墨をすり、色紙に、

「愛」

と書きました。たいへんよく書けたので、大根をかついできてくれたチョばあちゃんにも見せました。

「はあまあ」

チョばあちゃんは関心もなさそうに横を向きましたが、その横顔のほっぺたがすこうし赤くなっていました。

「ばあさん、なに赤くなっておる」

「ふふ」

「ふふ？……ふふとはなんぞ？」

カオルちゃんがいなくなった和尚様とチョばあちゃんの問答です。

笑い目ハンさん

ハンピョウさんは、笑い目の青年です。

ご両親はいったそうです。

「もう生まれたときからそういう目でね。私たちは『おお、これはきっと、笑いの止まらぬ人生を歩む者になるにちがいない』と思ったんだよ」

ハンピョウさんは、村の人にもかわいがられました。

それにハンピョウさんは、他人を喜ばす芸も持っていました。ウシやヤギの鳴きマネが得意だったのです。家で家畜を飼っていて仲良しだったので自然に覚えました。その芸がウケて学校でも人気者でした。

ハンピョウさんは「将来なにになりたい?」と聞かれて、幼いときは「ウシかヤギ」と答えていました。でもそれがちょっと無理とわかりだしたころから、日本へいくことに憧《あこが》れるようになりました。自転車を一時間こいで町へでれば、任侠《にんきょう》映画や電化製品といった、日本のかけらがキラキラと目に飛び込んできました。義理と人情とハイテクにあふれたジパング……。高校時代は日本語の授業もとりました。

家族と町の日本食レストランに入って、はじめて寿司《すし》を食べたのもそのころです。

おいしくてびっくりしました。

中でも、カンピョウ巻。

甘辛いカンピョウと、酢飯のハーモニーを、

（すばらしい）

と思いました。

「とてもおいしいですね」

少し喋《しゃべ》れる日本語で、お店の日本人の職人さんに感想を述べたほどです。

「これは、何の魚ですか」

と質問もしました。ハンピョウさんは、わからないことは解決したいのです。

お箸《はし》で引っぱりだして中身をチェックしてみたけど、なんだか茶色いヒモ状です。

ハチマキをしたお店の人は大笑い。ハンピョウさんはきょとんとしました。

「カンピョウだよ」

「カンピョウ？　わあ、僕の名前と似ています。日本では、カンピョウという魚がとれるのですか」

「ワッハッハ。トウガンてウリだよ。野菜だよ」

「そうですか……ふうむ」

と、野菜もネタになる寿司の可能性に感心したのでした。

二〇歳になって、日本へ出稼ぎにいくことにしたのも、東京のお寿司屋さんに住み込みを決めたのも、そんなことがあったからです。

出発の前日。村の人が、家に集まり送別会をしてくれました。

「ハンピョウ、鳴いてよ」

と口々にいわれて、モウモウメエメエ鳴きました。

村の人、とくにハンピョウさんを小さいときからかわいがってくれた近所のお年寄りたちなどは、

「ああもうこの声が聞けないなんて」

と泣きはじめました。つられてみんな泣きだしました。ハンピョウさんも、鳴き声がだんだん泣き声になって、ウシの声で泣きました。ご両親だけは「だいじょうぶだいじょうぶ」と笑ってハンピョウさんの肩を抱いてくれました。うなずくハンピョウさんは笑い目なので、泣いても泣き笑いに見えるのでした。

ハンピョウさんは、海を渡りました。

空港でタクシーに乗って、お寿司屋さんの住所を見せました。

東京のにぎやかさにドキドキしながらお寿司屋についたハンピョウさんは、笑い目で挨《あい》拶《さつ》しました。

包丁を握っていた親方は、横目でハンピョウさんを見ただけでした。奥さんは買い物にでて留守でした。先輩見習いの若者も、黙っていました。

「ぼさっと立ってないで、二階にあがって荷物おいて着替えな」

親方がようやく口をきいてくれたので、

「メエエ」

と笑い目で返事をしてみたら、

「……」

その場の空気が凍結しました。親方の握った細身の包丁も止まりました。

ハンピョウさんは、きょとんとしました。芸がウケなかったのははじめてです。

ハンピョウさんの東京生活がはじまりました。

親方は、無口な人でした。

無口に修業して、無口なまま一人前になって、無口なまま独立し、結婚し、子どもも作って、無口なまま店を繁盛させてきた人です。そんな親方の許《もと》で修業している先輩……といってもハンピョウさんより三つ年下の一七歳の、でも体はハンピョウさんよりデカいニキビ少年も、無口でした。

でも、親方の、寿司を握る指の動きは見事。それを見て感心しつつも、ハンピョウさんは困りました。いろいろ教えてほしいのに、ちょっと何かするたびに年下の先輩にはどなられて、またどなられることでしか、自分がしていることがいい事なのか悪い事なのかわからなかったからです。

「オマエの仕事は出前だ」

といわれました。でも何丁目といわれても、どこがどこだか。わかるのは「ここは東京」というだけです。

ハンピョウさんは、地図を手に、ヒマがあると近所を歩きました。

あるとき、コンビニの前にしゃがみこんでる女の子たちが目に入りました。質問したいことがあると聞かずにはおれないハンピョウさんは、声をかけました。

「どうしましたか？　お腹でも痛いのですか」

「えー、やだ、何いってんの」

細い眉《まゆ》の間にシワを寄せられました。ただ座っているだけだ、というのです。

「なぜですか。みっともないし服が汚れるのに。僕の国では、若い娘さんが外でそんな格

好をしていたら売春婦と思われてしまいます」といったら、

「キャー、やだーっ」とか、

「まあそんなもんだしぃー」

と笑われました。

ある日ハンピョウさんは、店の掃除をしていました。親方も先輩も仕入れにでています。奥さんも買い物です。

（誰もいないです……）

カパ。

ハンピョウさんは、ちょっといけないことをしました。前の晩から煮付けてあるカンピョウのナベの蓋《ふた》をとって、きれっぱしをつまんで味見したのです。実はここにきてからまだお店のものを食べたことがありません。

（わあ……おいしいです）

ただ甘辛いのとは違って……上品で、ダシの効いた炊き方です。親方を尊敬しました。

やっぱり日本にきて良かったと思いました。

ハンピョウさんは少しずつ寿司のことを覚えていきました。

たとえば「寿司セット」にはランクがあること。

値段の高いものから、特上、上、並。それぞれネタの種類が微妙に違います。でもちょっと気になることがありました。

「なぜカンピョウ巻が、特上セットと上セットには、入っていないのですか」

先輩に質問したら、

「ったくうるせえんだよオマエは。黙って仕事してりゃいいんだよ」

並にはちゃんとついています。こんどは親方に聞きました。

「なぜ並セットにしかカンピョウ巻を入れないのですか？　おいしいのに」

「……カンピョウ巻なんて甘いもんは……本筋じゃねえからな」

本筋、の意味はわかりませんでしたが、親方の表情からカンピョウ巻を軽んじている様子は伝わってきました。カンピョウはどうやら、

「寿司界における恥ずかしい存在」

のようなのです。ハンピョウさんは悲しくなりました。

店の定休日。ハンピョウさんを誘ってくれる人はいません。みんなそれぞれおでかけです。先輩は似合わない赤シャツなんか着て、サングラスをかけて、髪を光らせてでかけてしまいます。

親方は競馬。

奥さんは買い物です。

三畳の住み込み部屋で、ハンピョウさんはテレビのチャンネルをカチャカチャひねります。

「日本のテレビにでている人は、なぜ、みんなこんなに早口ですか」

テレビに向かってハンピョウさんは質問します。

でもテレビも無口。

ハンピョウさんは、店の斜め前にあるカラオケ屋さんにいってみました。お国でも最近増えてきていて、町で一度入ったことがあります。でも日本のカラオケ屋にお国の歌はありませんでした。お国で覚えた日本の歌を歌いました。今は亡き坂本九ちゃんの『上を向いて歩こう』です。そのあとビートルズも歌いました。

（いい歌は世界共通です）

それ以来、ハンピョウさんは、休日によくカラオケに通うようになりました。待ち合い室にいると、女の子たちやおばさんたちグループによく声もかけられます。

「へえ日本人かと思った」といわれたり「一人なの？　一緒に歌おうよ」なんて誘ってくれたり。

（変ですね）

前はぜんぜんモテなかった。そりゃ動物の鳴きマネ芸で、子どもや男どうしや老人には大いにウケました。でも、なにしろハンピョウさんのお国では、女性が恋人にしたい男の条件は、

「顔のいいヤサ男より、顔の悪いマッチョマン」

というのが常識なのです。顔は端整でも細身のハンピョウさんなど、頼りないナヨナヨ系に入れられて無視されがちでした。それが日本では、ハンピョウさんが一人でうつむいていると、女性が、

(あら)

と思うようなのです。

『前略。お父さんお母さん、人間は世界のどこかに必ず、モテる国があるのですね……』

ハンピョウさんは、毎月の仕送りと一緒に、お国の家族あての手紙にそう書きました。ハンピョウさんは良いニュースだけを家族に伝えています。だって「辛《つら》い」なんて書いたらお母さんが心配しますからね。

『お父さんお母さん、日本の人は毎日お寿司を食べているわけではありません』

なんて発見も教えてあげます。

ハンピョウさんは、日本人というものは、毎日お寿司を食べて、富士山を拝んで、着物

を着て歩いていると思っていたのです。

日本へ来てはじめて「お寿司はごちそう」とわかりました。店に電話注文があるときは、たいてい来客用のようなのです。

今日も「にぎりの、並を、四つ」という出前注文が入りました。きっと、「並のお客さん」がきているのでしょう。

ハンピョウさんは、できあがった寿司のオケにラップをかけました。

特上や上のにぎりセットの巻物は、トロとキュウリが二こずつです。

でも、並セットの中の巻物は、四つともカンピョウ巻。

しかも、トロやキュウリ巻の場合、切り口を上に向けるのに、カンピョウ巻は横倒しです。

(なぜ、カンピョウ巻だけ、倒すのでしょう)

実はこの点も、ハンピョウさんには前から気になっていたのです。

(起こしてあげましょう)

ハンピョウさんは、カンピョウ巻を指でちょっとつまんで、切り口のカンピョウが見えるように立てました。

その直後でした。

「てめえっ、何やってやがるっ」

親方になぐりつけられたのは。ハンピョウさんは並セットのカンピョウ巻のように倒れました。倒れたままで質問しました。

「な、なぜぶつのですか？　暴力いけないです」

その通りです。

でも親方は聞いちゃいなくて、さらに胸ぐらをつかまれて二、三発なぐられました。

ハンピョウさんの鼻から血がピュウとでました。

「商売もんを、いじくりやがったなっ」

指で寿司に触れたことを激怒されました。それはどうやら自分が悪い。ただ、親方がいつか、カウンターで箸《はし》で寿司を食べていたお客さんが帰ったあとに、

「……寿司は、指でつまむもんだ」

とぽつりとグチった言葉を覚えていて、

（指でつまむのが、寿司の正しい扱い方なのですね）

と頭にインプットされていたのです。

「カ、カンピョウ巻を……起こそうと思ったのです」

「寝せときゃいいんだっ」

ハンピョウさんはハッとしました。理由がわかったからです。

(カンピョウ巻は……安物だから、切り口を上に向けてはいけないのですね)

ハンピョウさんは、あんなにおいしいカンピョウを煮るので尊敬していた親方にちょっとがっかりしました。

「なぜカンピョウ巻をバカにするのですか。なぜ上を向いてちゃいけないですか」

ハンピョウさんはカンピョウ巻をかばいました。

「もっと……カンピョウ巻に……誇りを持ってください」

といったらこんどは先輩に、

「ふざけたことといいやがってこのこのこのっ」

と、下駄《げた》で蹴《け》りを入れられました。

ハンピョウさんは、痛いのと悲しいので泣きました。でも笑い目なので泣き笑いに見えるのです。

「なんだよその目はっ。ふざけた目えしやがって。その目が気にいらねえんだよっ」

「もういいやめろ。ハンピョウ、さっさと届けにいかねえか」

ハンピョウさんは、倒れたカンピョウ巻の入った並にぎり四つを重ねて、出前にでかけました。

帰り道、ハンピョウさんは近くの公園に寄りました。ブランコに乗りました。

キーコ、キーコ……。

空にはもう薄く三日月が浮かんでいます。お国の空にも浮かんでいる月です。その月に向かって、

「メエエ……」と鳴いてみました。

「モオオ……」と鳴いてみました。

笑い目の形の月が、プルンとふくらみ……揺れて見えました。ハンピョウさんの瞳《ひとみ》に涙がたまっていたからです。ハンピョウさんは、お国のとは乗り心地の違うブランコがおもしろいのでしばらくキコキコこいでから帰りました。

「遅いんだよっ」

翌日。ハンピョウさんは親方にいいました。

「やめさせてほしいです」

がんばったけれど雇い主とはハートが合わなかった。それに、親にもらった体を傷つけられたくはありません。ハンピョウさんは、もっとビッグになって、もっとお国に仕送りして、もっと幸せになりたいのです。

先輩にも頭をさげました。

「先輩はマッチョだから僕の国にいけば女の子にモテます」

とアドバイスしておきました。

「えーほんとかよ」

先輩がテレ笑いにしろ笑顔で返事してくれたのはこれが最初でした。奥さんにも挨拶《あいさつ》したかったけど、買い物にでていて留守でした。

行くあてはありません。ハンピョウさんは、駅にいって駅員さんに「あちこちいくにはどうしたらいいですか」と聞きました。まだ東京見物をしていなかったのです。すすめられて、はとバスに乗りました。東京タワーに昇って、蠟人形《ろうにんぎょう》館の拷問シーンに「こわいです」とつぶやき、サンシャイン水族館でラッコに「かわいいです」とつぶやき、最後は浅草で解散して、そのまま下町をぶらぶらしました。

（……ハ……ン……ピョウ……さん）

ふと、呼ばれた気がしました。

カンピョウ巻でした。

店先のショーケースにカンピョウ巻が積まれていました。

（わあ、すごいです）

何の店でしょう。お寿司屋とはちょっと違います。ショーケースにはカンピョウ巻の他にも、オイナリさんやアンコロ餅《もち》や串団子《くしだんご》、ラーメン、ヤキソバ、オデンもあります。店内も混《こ》んでいて楽しそうです。ハンピョウさんはお金をあまり持っていませんでした。でも値段を見るととても安い。ここならいくらでもカンピョウ巻が食べられそうです。のれんをくぐりました。

「はい、いらっしゃいっ、相席でお願いしますねっ」

店のオバサンが、ニカッと金歯を見せて笑いました。ハンピョウさんが笑い目なら、オバサンは笑い口。

ハンピョウさんは、この店に、嬉しい匂《にお》いをかぎました。

「失礼します」「どうぞどうぞ」

相席のお客さんは二人連れのお年寄りです。リュックを椅子《いす》の背にかけています。食べているのは、カンピョウ巻とオイナリさんの盛り合わせ。

ただ……お皿の上のカンピョウ巻は、やっぱり倒れていました。

ハンピョウさんはまたちょっと悲しくなって、

「なんでカンピョウ巻を、倒すのですか」

とつぶやきました。

「えー、だって、長いから立たないよ」

聞いたつもりではなかったのに、お年寄りたちが答えました。そういえば長い。お寿司屋さんでは一本を四等分に切っていました。でもここのカンピョウ巻は二等分。

「たしかにこれで立てたら、カンピョウ巻、フラフラですね」

ハンピョウさんは納得して同じメニューを注文し、いただきました。

カンピョウの甘辛さが、お寿司屋さんのより単純です。でもこれはこれでおいしい。

「おいしいです」

お茶をたしにきてくれたオバサンは、

「あれま、そうかい、嬉しいね」

とまた笑い口。

そしてそのままハンピョウさんは、店員募集していたこの店に、就職することになったのです。「カンピョウ巻大好きです」といったら、厨房《ちゅうぼう》のオジサンも「おやそうかい」と頬《ほお》がかわいく赤くなりました。オジサンは、笑い頬。

さっそく翌日からもう、厨房入りでお手伝いです。

「ほら、こうするんだよ」

板ノリにご飯を広げて。平行に真ん中一直線にカンピョウを置いて。はしからくるくるきゅっきゅと巻いていきます。ハンピョウさんははじめて自分でカンピョウ巻を作りました。

「ああ、感激です」

「オーバーだね、ハンさんは」

オバサンが、ハンピョウさんの背中を叩《たた》きました。その拍子に、ハンピョウさんの口から、久しぶりの、

「モウモウ」

が飛びだしました。

「あれま、ウシだね」

「メエエ、メエエ」

「あっ、わかるよヤギだね。あんた、うまいねえ」

いつのまにかオジサンも、お団子を丸める手を止めて笑い顔。

ぐつぐつ。

カンピョウが煮えています。ハンピョウさんが、お醤油《しょうゆ》とお砂糖で甘辛に煮付けているのです。お寿司屋さんの親方から盗んだ、あのすばらしい味を思いだして、工夫しています。

一カ月もすると、店でだされるカンピョウ巻は、すっくと立って切り口を堂々と見せる

ようになりました。

「いいよ、ハンさんの好きにして」

といわれて、ハンピョウさんは、いつかお国に帰って自分もカンピョウ巻やオイナリさんを売ろう、と考えはじめています。いずれは全国展開して、青年実業家と呼ばれるかもしれません。

「ところでオバサン、なぜオイナリは『さん』とつけることもあるのに、カンピョウ巻は

カンピョウ巻『さん』とつけないのですか。差別ではないですか?」

「オイナリさんはね、イナリ神社ってのもあるくらいでね。えらいの」

「カンピョウ神社はないのですか」

「ないね」

「……。世界にはまだ、僕が理解できないことがたくさんあるのですね」

「そうさ、ハンさん」

ぐつぐつ。ハンピョウさんの煮付けているカンピョウに、味がしみこんできました。

ちょっとお箸《はし》でつまんで味見です。ハンピョウさん、真剣です。

でも、目が笑っています。

心も、笑っています。

恋しき人の顔は見えねど

正平くんの帰りを部屋で待っていてくれるのは、パソコンです。

三ヵ月前にボーナスで買ったパソコンセット。買ってからまだスイッチを切ったことがありません。サラリーマンの正平くんはバイク通勤です。冬の冷たい風をさいて帰ってきて、凍えた指で暗いアパートの部屋の明かりをパチンとつけるのがせつなかった。でも今は（おかえりなさい）とパソコン画面が明るく正平くんを迎えてくれるのです。革手袋もはめたままキーボードを押して、電子メールボックスを覗《のぞ》きます。

（きてるきてる）

それから台所にいってお湯で手を洗ってうがいをして、帰りがけにコンビニで買ってきた牛乳プリンを食べながらゆっくりメールを読むのが、習慣になったのです。

至福の時。

パソコンは、玉手箱です。二八歳まで恋人のできなかった正平くんなのに、一ヵ月前から、今日一日あったことを伝え合うガールフレンドができたのです。

雪子さんといいます。

ちょっとドキドキしながらネットの男女交際欄をのぞいて、同い年の女性にメールをだしてみたら返事があって……。

夢のようです。

雪子さんの顔は知りません。雪子さんも正平くんの顔を知らない。でも、だからいいのです。生身の正平くんを見たら、

（雪子さんはきっとがっかりする……）

正平くんはハンサムではありません。バイクに乗るときはサングラスをかけていてそれなりにカッコいい。でも外せば、あらま、というくらいちっちゃなタレ目。しかも、口べた。女の子に「正平くんてなーんかつまんない」とズバリいわれてフラれてきました。でも、打てば響くような受け答えが苦手なだけで、正平くんは時間をかければちゃんと語れるのです。キーボードを一つ一つ押して言葉を選ぶ時間があれば。

それに、いいことだけを伝えられる。字のヘタさもバレません。牛乳プリンを食べる習慣だって、まだ雪子さんは知りません。

一方、雪子さんについてわかっているのは、水商売をしていること。いつか自分の店を持ちたいという夢を持ってがんばっていること。商売柄もあってか酒好きらしいこと。

真夜中に帰宅してメールを打つせいか、

『今、酔っ払ってまーす、😁😁😁、ウーイ』

なんて陽気なメールをよくくれます。大胆にも、

『好き好き、正平くん、♥♥』

なんて。フザけているのか本気なのか、正平くんが赤くなるようなメールをくれたりして。でも男としては、すごく嬉《うれ》しい。

『水商売だからいろんな男性と知り合うけれど。たいてい私の体が目当て。本当の私を見てくれる人がいないの。姿でなく心を好きになってくれる人が欲しい』

そう雪子さんはいいました。正平くんは彼女をはげましました。そして彼女のグチをいくらでも聞いてあげました。

『あなたに会いたい』

真夜中に雪子さんはいいました。

正平くんだって実は会いたかった。でも、

(会わない方がいい)

と自分にいい聞かせてきたのです。正平くんは、正直に告白しました。

『会えば僕の顔に、雪子さんはがっかりするよ』

『そんなこと絶対ない……でも、そうね、会わない方がいいのよね』

雪子さんも自分を戒めるようにいいました。

(雪子さんも、もしかしたら、ブスなのかもしれない)

正平くんは思いました。

(だったら男として勇気をだそう。雪子さんがどんな女の子でも僕は許せる)

春めいてきたある日、

『お互いの住所を教え合って、写真を送り合おうよ』

と正平くんは強く提案しました。

三脚を立ててセルフタイマーで何度も撮り直して、いちばんカッコよく見えるポートレートを送りました。雪子さんからも封書が届きました。

部屋に戻るのももどかしく、一階のポストの前でビリビリ開封しました。

「う……」

正平くんは、写真に見入ったまま硬直しました。

雪子さんは、赤いワンピース姿。すらりと細身でロングヘア。ブスどころか美形です。

でも、男だったのです。

美人でなくハンサムという意味での美形。

寒気がしました。

（だまされた）

頭が真っ白なまま正平くんは集合ポストを離れ、フラフラと道路にでて歩きだし、ヨロリとコンビニに入って、無意識のうちに牛乳プリンを買って帰り、写真と手紙をパソコンの前に放りだすと、三連パックになっているプリンを目の前に置いてスプーンをにぎり……でもそのままじーっとしていました。

もちろん、男が女をかたって相手をからかう「ネットオカマ」の存在は聞いてました。でも……この場合は、本物のオカマです。さらに問題なのは、相手が「真剣」なことです。からかわれたなら、怒って終われる。でも同封された長い手紙には、

「ごめんなさい、本当の友だちがほしかったの。だますつもりじゃなかったけど、偏見の目で見られたくなかった。私を見たら……」

などと書かれています。正平くんはなんとか最後まで読みました。もっと寒気がしました。もうメールも送りませんでした。

許しを請うメールはその後も届きました。

『私が悪かったわ……でも、無視するなんてひどい……』

ついには、恨みがましいメールも届きました。

『あなただって、顔優先の現実じゃ自分の良さをわかってもらえないと思ってネットの交際欄をのぞいたんでしょ？』

　あっちにも写真を握られてるだけに反論できません。

『あなただって相手をだまそうとしてなかったっていえるの？　そして私は、あなたのやさしい性格や、マジメな考え方にひかれていたのよ』

　それでも無視しました。

『お願い。ただの友だちとしてでいいからこれからもつきあって』

　最後は泣き言でした。

　正平くんは、写真をうけとって以来、はじめてメッセージを送りました。

『とにかくオカマは嫌いなんだ。僕につきまとうな』

　すると向こうの応答もなくなって……。

　ひどいことをいってしまった。頭痛がしました。

（でも、イヤなんだオカマは）

　もう正平くんは何を信じていいかわからなくなりました。電子的人間不信です。

　とにかくもう、パソコンで恋の糸をたぐることはやめました。男ばかりが会員のバイク仲間のサークルに加入したり、パソコン初心者サークルで苦労話や情報交換をしたり。女性名の参加者とはなるべく話しませんでした。

『マリア』と知り合ったときにも、だから用心しました。マリアなんてどうせハンドルネームに違いないし。

『はじめまして、マリアです……』

彼女からの最初のメッセージはパソコンの使い方の質問でした。ネットオカマであったとしても、とりあえずマリアの文章は丁寧で感じの良いものでした。

カッコつけることも正平くんはやめていました。男友だち、と思って話しました。

マリアは、季節に敏感でした。

『庭のアジサイの花びらに色がつきました』とか、

『梅雨の雨には夏の匂《にお》いが混じってますね』とか。

久しぶりに雨のあがった日の晩など、

『ねえ、満月よ。一緒にお月見しましょう』なんてアイデアをだして。

二人でそれぞれの部屋の窓から夜空を見あげて、

『きれいだね』

『まんまるだわ』なんて。

電子メディアで季節の移り変わりや風景についてお喋《しゃべ》りするなんてちょっとおかしい。

でも正平くんは、マリアも眺めているはずの同じ満月を見あげながら、やさしい気持ちになりました。

一方、正平くんは、マリアの知らない……たとえばバイクで走るときの爽快《そうかい》感や、営業の仕事の大変さなどを教えてあげました。マリアは熱心に、

『それで?』とか『すごい』とか相槌《あいづち》を打ちながら聞いてくれます。

『いろいろなこと、もっともっと知りたいわ』

とマリアはいうのです。

『生きてるってステキね。知らないことがまだいっぱいある』

マリアの言葉は、正平くんの心に残りました。

八月。正平くんは、ランニングシャツとトランクス姿でパソコンに向かいながら、正直に、

『オカマの雪子さんにだまされた恥ずかしい体験』

を打ち明けました。

『😄😄😄』

マリアは笑いました。

（彼女の笑い声が聞きたい）

と正平くんは思いました。

『私は好きだわ、その人。仲直りすればいいのに』

『マリア、キミはまるで、この世に悪い人間はいないと思っているみたいだね』

『そんなことはないけど。でも雪子さんていい人だと思うわ』

正平くんは、マリアと話していると、心が軽くなるのを感じました。マリアはいつもイキイキしていて楽観的です。会社でミスして落ち込んでいる正平くんに、

『平気平気、そんなのどうってことないわ』

といってくれます。

(マリアが本当に女性なら、僕の理想だなあ)

また正平くんは想像するようになりました。

(いかん、いかん、また雪子さんの二の舞になるぞ)

そう自分を戒めながら、でも本当はもう正平くんは確信していたのです。マリアは女性だ、と。

だって、わかるのです。マリアの心づかいや発想の柔らかさは女性特有のものでしたし、男ならごくふつうに知っていることも知らなかったりするのです。

ただ、そうなると気にかかります。

（マリアには……恋人がもういるのだろうか。いや、すでに人妻ということも……）

彼女なら、一人でいる方が不思議かもしれない。それにマリア自身、いっています。

『パソコン以外の趣味にも挑戦しています。いろんな習い事をしているおかげで、いろんいろんな人と知り合いになれて、毎日が充実しています』と。

（彼女は……パソコンの中にしか友人のいない僕とちがって、現実世界でもいろんな人に愛されているだろうな）

正平くんは、嫉妬《しっと》をおぼえました。生身の彼女と向かい合ってお喋りしている人間たちにです。もう電子世界での恋はすまいと誓ったはずの正平くんが、ふたたび恋に落ちていました。正平くんは、何日も迷って、

『マリア、結婚しているの？』

と打ち込みました。

応答はあっさりきました。

『いいえ。今は独身です。恋人も現在はいません。さみしいです』

『やったっ』

正平くんはパソコンの前で声をあげました。

今は独身……ということは、バツイチかもしれません。でも彼女なら結婚経験があって

も不思議ではない気がします。とにかく、この返事は正平くんを喜ばせました。

そして調子にのって、あるとき、

『もっと自然な所で暮らしたいわ。桜の木がたくさんあるような……』

とマリアがもらした一文に応《こた》えて、

『じゃあ、僕と一緒に暮らそうか』

と入力してしまったのです。マリアとならずっと一緒に楽しく年をとっていける気がしたからです。すると、彼女からのメッセージが途絶えたのです。

正平くんははげしく後悔しました。自分が恋愛経験のないせいですぐに結婚などと短絡してしまうのだと。

『変なこといってごめん』

そう伝えた数日後、メールボックスを開けて正平くんはホッとしました。

『怒ってなんかいないわ。風邪をひいてしまって、二、三日寝ていたの』

正平くんもすぐに返事をだしました。すごく嬉《うれ》しかったこと。軽はずみなことはもういわないこと。

『でも、すごく好きだ』

ということ。彼女もパソコンの前に座っていたようです。すぐに返事がきました。

一行だけ。

『私も』と。

その後また一週間、マリアからの音信は不通でしたが、正平くんは安らかな気持ちでした。気持ちが通じ合っていたからです。正平くんは、幸福な新年を迎えました。

長谷川達雄《はせがわたつお》、という差出名でメールがきたのは、そんなときです。

書き出しはこうでした。

『母は亡くなりました』

送り先のまちがいでしょうか。

『生前は、母がいろいろとお世話になりました。この寒さも体にこたえたのか、急に倒れてから亡くなるまでの時間も短く、家族にとっても未《いま》だ気持ちの整理のつかないところですが、亡くなる前、まだ意識のある時に「お礼を伝えてほしい」とあなた様のアドレスを申しておりました。母のハンドルネームはマリア……』

ぶるっ。正平くんの体がふるえました。

(何いってんだこいつ)

でも、相手のアドレスを見て正平くんは愕然《がくぜん》としました。マリアのアドレスです。すぐメールを発信しました。

『マリア、何の冗談?』

相手も画面の前にいたのか、リアルタイムの通信がはじまりました。

『母の本名は、長谷川トラ。享年七三歳でした。

母にパソコンの扱い方を教えたのは僕です。

母は、いつのまにか僕より熱心になってしまいました。もともと好奇心のある、やんちゃな女性でした。海外旅行にいく、ボランティアはする。気持ちも頭も若々しかったのですが、七〇過ぎてさすがに耳や足が弱ってきて、「遊びにでにくくなってつまらないわ」というので、僕が「パソコンがいいよ」とインターネットや電子メールの手ほどきをしました。さいしょはキーボードと悪戦苦闘してました。でもそのうち和歌クラブのホームページに参加して仲間ができたり、海外の日本人会に参加して外国にいる日系の人とも交流したりして。最近は僕より熱心で。いつのまにか「ボーイフレンドもできたの」なんて嬉しそうに話していました。もともと気の若い母でしたが、あなたとメール交換するようになってからはもっとイキイキしていました。画面に向かうときは、僕の娘、母にとっては孫娘から桜色の口紅を借りてひいたりして。「なんだかおばあちゃん、少女みたいね」と家族に笑われていました。最後は、とても幸せな顔でした』

数日後。長谷川達雄さんからこんどは、

『母の電脳墓を建てました。よかったらいつでもお参りしてやってください』

というメールが届きました。

サイバー霊園に加入した理由についても述べられていました。

すでに先祖の墓はあるけれど、その場所が遠く九州の本家の裏山にあること。東京にでている自分をはじめ、海外にいる親戚《しんせき》の者などもかんたんには訪ねてやれないこと。このアイデアは、母自身のものであること。つまり、遺言であったこと。

『母は、最近は仮想《バーチャル》霊園を売る寺もあるというニュースをインターネットで知って、「これに入れてね」と、亡くなる前に僕に頼んでいました』

(……きっと僕のためだ)

正平くんには、すぐにわかりました。

霊園のホームページにアクセスしました。

『……ピ』

正平くんのパソコンの画面に、墓が現れました。

『長谷川家』

と刻まれています。背景はマリアが好きだといっていた桜の木です。良いロケーションです。チリも落ちていない。雑草も生えていない。

「あっ」

正平くんはモニターに顔をくっつけるように近づきました。

顔写真です。画面の下段が掲示板になっていて、顔写真も登録されているのです。

（マリア……）

はじめて見るマリアの顔です。

マリアは、おどろくほど美しい女性でした。キャプションがついています。

『長谷川トラ（ハンドルネーム・マリア）……二八歳』

（……マリア）

正平くんは、画面に指をふれました。

（……マリア）

その頰《ほお》や唇に、ふれました。

以来、正平くんはサイバー霊園をときどき訪ねます。彼女に会いたくなったり話がしたくなるとパソコンに向かいます。正平くんの灰色のパソコンじたいがもう、彼女の墓石みたいです。

「マリア、キミも僕をだましてたんだね」

二八歳の美しいマリアは、笑っています。画面の中に用意されている線香やロウソクをクリックして立てます。花も供えます。ひしゃくで水もかけられるようになっています。経本をクリックすればお経も流れます。お彼岸にはオプションにボタモチもあったので供えました。

お墓の背景と同じ桜が、この世界でも咲きはじめました。

「マリア、僕ね、雪子さんと、仲直りしたよ」

マリアがそう望んでいたからです。

『雪子さん、すまなかった。もしよければこれからもときどきメール交換しないか』

とメールをだしたのです。

すぐに返事がきました。

『嬉しい。ありがとう』

正平くんは、雪子さんにマリアのことを聞いてもらいました。それがきっかけで雪子さんもマリアのことを好きになってくれて。墓参りもしてくれて。その後も二人でマリアのことはよく話題にするようになりました。

『私にとっても彼女はマリア様よ。彼女のおかげであなたとまた話せるようになったんだから』

と雪子さんはいいました。

季節はめぐり、前日から舞いはじめた雪とともに、マリアの一周忌がやってきました。

掲示板に、長谷川達雄さんによる新しい書き込みがありました。

『母が残した和歌です。幾つか紹介します』

それに続く短歌を一つ一つ読んでいた正平くんは、ある歌のところまできて、ゆっくりと両手で自分の顔を覆いました。

閉じた目の暗闇《くらやみ》の奥に、七三歳のきれいな老女の顔が、はじめて浮かびました。

誰も部屋にはいないのに、正平くんは声をたてずに泣きました。

そんな正平くんを、画面のマリアは笑って見ています。

パソコンの中では同い年の美しいマリア、そして正平くんの脳裏に生まれた老いたマリア。その二人が、正平くんに残した歌です。

『キーボード　ふれる指先マニキュアす　恋しき人の顔は見えねど』

ハンドメイド天使

光介さんの夢は、すべてを自家製にすることです。

会社から帰ってきて、自分で作ったタワシで手をゴシゴシ洗うと、光介さんがはじめにするのはヌカ床をかきまぜることです。顔をだしたキュウリや大根に「ただいま」なんて挨拶《あいさつ》しています。無農薬のヌカに漬けた無農薬の野菜たちです。ミソや梅干しだって手作りです。光介さんは一〇代の多感な時代に自然食をすすめる本を読んで農薬や食品添加物が恐ろしくなりました。いらい自然に近い素材と無添加の調味料を使いつづけて二七歳をむかえたのです。光介さんはペットでも撫《な》でるようにヌカ漬けのキュウリをやさしく撫でてヌカを落とします。ちょんちょんと包丁で切ります。お皿に盛って居間に運びます。奥さんのユカリさんがもうビールを飲んでいます。

「はい、ユカリちゃん」

「ありがとう」

ユカリさんは、光介さんより三つ年上で三〇歳。

ポリポリ。カリカリ。

「おいしい」

「そう？　よかった」

光介さんは酒もタバコもやらないけれど、ユカリさんは酒豪だしヘビースモーカーです。ちょっと古い肉でも「火を通せば平気よ光介さん」なんていいます。スナック菓子だのレトルト食品だの、光介さんがハラハラするくらい毒になるものをとり込んでいます。そのくせ丈夫です。ときどき病気にかかるのは光介さんの方です。ベランダでラジオ体操しながら深呼吸もするし青汁も飲んでいるのによく風邪もひきます。ときどき頭痛がしたりムカムカします。お医者さんには、

「自家中毒だね」

といわれました。自分の体内に発生した毒性物質のために起こる中毒です。

光介さんは、毒まで自分の体内で自家製造してしまう体なのです。

「神経性のものだね」

ともいわれました。光介さんは健康に気をつかいすぎて神経が弱り、それで不健康になるという自己矛盾を抱えているのです。

光介さんはヌカ漬けをユカリさんのツマミにだしておいて、こんどは本格的な夕飯のし

たくをしに台所に戻りました。これでは年上女房に尻《しり》に敷かれている、と思われるかもしれません。でも光介さんはあくまで自分が好きでヌカ床をぐりぐりしたりしているのです。ユカリさんは逆に料理が苦手です。だから自然にこういう役回りになりました。

ポリポリ。カリカリ。

塩加減も歯触りも上々です。ゴクリ。ビールもうまい。ユカリさんはだんだん楽しくなってきます。

（光介さんと結婚して良かったわあ）

ユカリさんは、人生は楽しい方がいいと思っています。未来を楽しみに思うより、毎日を楽しむ方が大事、と思っています。明日も生きていたいなんて思うと、光介さんのように今日をビクビクしなければなりません。ユカリさんの夢は、光介さんとの毎日の生活を楽しむことなのです。

ユカリさんは酔っ払うと、

「光介さん異常よ。気にし過ぎよ」

なんてはっきりいったりもします。でもユカリさんは光介さんを嫌いなわけではないのです。ユカリさんは光介さんに比べるとすべてに許容量が大きいのです。賞味期限が少し過ぎたくらい平気だし、光介さんのようないつもビクビクしている人間とも結婚できます。

むしろ自分がだらしない分を補ってくれる相手だと感謝しています。それに光介さんを見ていると退屈しません。光介さんが必死で生きているのを、

（おもしろいわあ）

と思って眺めています。

こんな二人が、いったいどうして結ばれたのか。

それを説明するために、話はちょっとさかのぼります。

三年前の春でした。二人はお見合いで出会いました。ある喫茶店でひき合わされて、そのあと二人きりになりました。光介さんがいいました。

「河原にいきませんか？　一〇分くらい歩くと川にでるんです」

おどろいたことに、光介さんは手作り弁当を用意していました。お見合いが一転、ピクニックです。お弁当の中身は、ニンジンやレンコンやゴボウといった根菜類の煮物と、ノリで真っ黒なオムスビでした。

光介さんの柔らかな物腰とは反対に、妙にどっしりとした弁当でした。調味料まで安全なものを使っていると説明してから、光介さんは自分を、

「ナチュラル志向なんです」

といいました。ユカリさんは、玄米の固いオムスビを食べながら、

（つまり神経質なんだこの人）

と思いました。

おなかがいっぱいになると、二人で土手に座ってきらきら光る川面《かわも》をながめました。

ユカリさんはハンドバッグを開けました。

「タバコ吸ってもいいですよね」

「えっ、あなたタバコ吸うんですか、体に良くないですよ」

（あ、それにうるさい人なんだ）

ユカリさんがタバコをふかしている間、光介さんはちょっと離れた場所にいって、しゃがんで草むらをいじくっていました。どうやら土手に咲いている小さな花や草をつんでいるようです。

「あのー、それどうするんですかー」

「押し花でーす」

「えーっ」

今日の楽しかったピクニックの記念に持ち帰って本にはさむというのです。ユカリさんは唖然《あぜん》としてしまいました。

唖然としながら、春の光をあびて草むらにしゃがんで野草をつんで匂《にお》いをかいでいる光介さんを眺めていたら、だんだんドキドキしてしまいました。

（いいなあ）

と思いました。

ユカリさんは都会派の女です。今日もハイヒールをはいてきました。それを脱いでこうして裸足《はだし》で草むらを踏んだのは何年ぶりでしょうか。世の中に川が流れていて、地面から草がはえていることも忘れていました。しかも「花をつむ男」なんてはじめて見ました。

その後何回か会って。ユカリさんからプロポーズしました。

でも光介さんだって、あの最初のピクニックのとき、ハッとしたのです。うっかり草むらに落としてしまったオムスビを、ユカリさんが「あ、しまった」といっただけで平気でつかんで食べたとき。ユカリさんを、

（すごい。僕にはできない）

と尊敬したのです。

二人は結婚しました。

千葉の房総に、小さな庭つき一戸建てを買いました。周囲にはまだ田や畑が残っています。野菜カゴを担いでクワを握ったおじいちゃんやおばあちゃんがブラついていて、茶髪の若者やルーズソックスの女子高生や、タヌキもときどきブラついているのどかな土地柄

です。都心への通勤に片道一時間半もかかります。でも光介さんの、

「吸う空気もできれば自然なものにしたい」

という希望でここを選びました。東京の会社にいる間は深呼吸もひかえています。そのせいかぐったりして帰ってきます。

そんな光介さんの近ごろの楽しみは、野菜の栽培です。近所の公営レンタル農園の抽選に当たって、六畳ほどの土地を借りられたのです。去年はクジに外れました。光介さんは、

「俺《おれ》はレンタル農園の抽選に外れた男……」

とつぶやいては暗くなっていて、

「うっとーしいわよ」

とユカリさんによくいわれていました。

今年はユカリさんが申し込んで一発で当選。

「でも光介さん、あたしは手伝わないわよ。一人でやってね」

「うん、ユカリちゃんは家にいていいよ」

光介さんはいろんな苗を植えました。小松菜、トマト、ナス。これで無農薬野菜を自家生産できます。光介さんは、休日は明け方から起きて自転車で一〇分ほど先にある農園通い。春から初夏にかけて、野菜の苗はぐんぐん成長しました。雨頼みの水やりだけでは足

りなくて、休日に行くとぐったり倒れかけています。光介さんはあわてて水やりです。一週間で雑草もぼうぼうです。世話をする光介さんにもさんさんと太陽がふりそそぎます。生きとし生ける者を育てるエネルギーです。野菜たちは、ヒナのように、葉をいっぱいに広げて光のご飯をおねだりしています。光介さんはそういう様子を満足そうに眺めます。あんまり眺めていて、日射病で倒れたこともあります。発生した毛虫が怖くてそのときだけユカリさんに頼んでつまんでとってもらったこともあります。このごろは、色白だった光介さんもちょっと黒くなりました。

そんな二人の暮らしに、最近、別の人間が加わりました。光介さんの末の弟。ミノルくんです。大学受験を前にして「ホテル代わりに泊めて」と、実家の岐阜から上京してきたのです。

「親の方がカリカリしちゃって息がつまっちゃってさ」

受験生といってもミノルくんに暗さはありません。

「俺、頭いいから受かるもん」

考え方が軽やかです。光介さんとはちがうみたいです。ユカリさんとは最初から気があいました。光介さんも喜んでいます。ただ光介さんは、ミノルくんの嗜好《しこう》にはがっかりしました。夜食にカップラーメンなんか食べているのを見つけたからです。

「こういうものをわが家に持ちこむなよ。兄ちゃんが作ってやるからさ」

いらいミノルくんは苦笑しながら、光介さんの作るニンジンや菜っ葉入りの雑炊やうどんをススっています。みかねてユカリさんは、昼間にこっそりピザの出前をとったり、ハンバーガーとフライドポテトを買ってきたりして、二人で食べました。

「たしかに光介さんの作る自家製ご飯ばっかり食べてると、健康で気が狂いそうになるのよねえ」

ミノルくんの唇のはしがフライドポテトにつけたケチャップで赤くなっています。

「ついてるわよ」

ユカリさんは、それをちょいと指先で撫《な》でとると、自分でペロッとなめました。

ミノルくんはハッとして赤くなりました。

(あ、やっぱり光介さんに似てる……)

とっさにユカリさんは思いました。

受験の数日前になると、さすがにミノルくんの目も真剣になってきました。口数も減りました。ユカリさんが、光介さんの畑でとれた無農薬のサツマイモをふかしてオヤツに持っていくと、いきなり、

「姉さんのこと、好きだっ」

と抱きついてきました。緊張と興奮でその体は震えていました。ユカリさんは、自分より大きなその体を受けとめて強く抱きしめていました。

受験が終わって岐阜の実家に戻るとき、ミノルくんは、

「ありがとう姉さん」

と頭をさげました。

「これで受かったら、姉さんのおかげです」

二人は見つめ合いました。

「ミノル、これ持ってけ」

光介さんが自家製の野菜の奈良漬《ならづ》けをビニールに包んでお土産に持たせました。

「えーこんなくさいもの持って新幹線に乗れっていうの？」

ミノルくんは苦笑しながら手をふって帰っていきました。

ミノルくんは合格しました。

「東京の下宿も決まったよ。世話になったね」

とご両親から報告があったのは三カ月後です。

同じころユカリさんの体にも変化がありました。妊娠したのです。相手はたぶん……。

（でも、どっちだっていいわ）

とユカリさんは思いました。

(あの人と血はつながっているんだし。それに)

同じ屋根の下で作ったのです。

自家製にはちがいありません。

あとは親子三人の楽しい暮らしを作っていけばいいのです。

ユカリさんは結婚してから決断力も増したようです。これも光介さんの自家製食品のおかげかもしれません。生きていく気力が内側からわいてくるのです。だいじなことが自分で決められるのです。

意志も自家製。

「光介さん、赤ちゃんできたみたいよ」

光介さんは、ぴょんと飛びあがりました。

「えーっほんと?　そうかっ、ありがとうありがとうユカリちゃんっ」

光介さんは子どもが欲しかったのです。ユカリさんもそうです。でもずっとできませんでした。前にユカリさんだけこっそり病院に検査に行きました。

「あなたは問題ありません、たぶん旦那《だんな》さんだな」

でも光介さんにはいいませんでした。

ユカリさんが妊娠したとわかって、まず光介さんがしたことは、

「自家製フリカケ作り」

でした。妊婦用カルシウムフリカケです。ジャコに干したエビにゴマに切りコンブ。このフリカケで発育する赤ちゃんは祝福された骨を持って生まれてくることでしょう。

それから光介さんは庭に木の苗も植えました。記念植樹です。天皇家みたいです。桜と、キウイと、コーヒーの木。これでサクランボとキウイフルーツとコーヒー豆を収穫して、ホワイトリカーに漬けて、

「いつか自家製の健康酒をユカリちゃんに作ってあげるからね」

という大計画。

「嬉しい。楽しみ」

その実がなるのは、子どもが学校にあがるころでしょうか。

「そのときはみんなで乾杯したいね」

やがて。男の子が生まれました。

お祝いに上京してきた光介さんのご両親も、

「うちの家系の顔ね」

と喜んでくれました。

ミルクは母乳です。ユカリさんの自家製です。赤ちゃんが少し大きくなると光介さんが自家製離乳食を作りました。赤ちゃんは食欲旺盛《おうせい》です。光介さんは、

「やっぱり赤ちゃんは純粋だから、何が本物かわかるんだよ」

と意を強くしています。赤ちゃんが、手をたたいて笑っています。

光介さんの自家製信仰に、光を照らす天使です。

ラッキートメちゃん

トメちゃんは、なんでもとっておくおばあちゃんです。

いただきものの菓子など、賞味期限が切れています。安いお酒も年代物になっています。捕鯨禁止条約前のクジラの缶詰といったプレミアものもあります。

それにトメちゃん自身だってすでに七八歳。女のピチピチおいしい賞味期限はとうに切れています。ヘアスタイルは大工の棟梁《とうりょう》のような短髪で、もうおじいちゃんだかおばあちゃんだかさえわからなくなっています。でも神様がまだ命をとっておいてくれて、息子夫婦が「家を建てたから一緒に住もう」と呼び寄せてくれて同居して、一つ屋根の下にとっておいてくれるうちは、

「元気でいなくっちゃね」

と思って生きているのです。

新しい家は、お風呂場《ふろば》なんかもゆったりしています。風呂好きのトメちゃんはとても嬉《うれ》しい。息子夫婦も「好きなときに入っていいからね」といってくれます。ただ同居して間

もないころ、トメちゃんの入った風呂場からトメちゃんが誰かと語らう声が聞こえたときには、家族もびっくりしました。

「ど、どうしたんですか。お義母《かあ》さん」

嫁のカナコさんが、風呂場を覗《のぞ》きました。

「うわ」

「あのね、おじいさんと、話してたの」

トメちゃんは、亡くなったつれあいの位牌《いはい》とお風呂に入っていたのです。

カナコさんは、静かに風呂場のドアを閉めました。

トメちゃんは、タオルに石鹼《せっけん》をつけて泡立てました。自分の体を洗うついでに、位牌も洗います。顔を洗ってあげるみたいに、表をクルクル。背中を流すみたいに、裏もクルクル。それから一緒に、あったかい、たっぷりのお湯につかります。こぼれないように静かに、体を沈めます。位牌の上の方はお湯からだしておきます。全部つけてしまうと、おじいさんが溺《おぼ》れてしまいそうに思えて。まあもう、亡くなっているのですが。

「トメばーちゃんて、ファンキーだよなあっ」

あとで孫の順一くんにいわれました。

「おや、そうかい」

意味はわからないけど、なんだか嬉しくなりました。順一くんが笑顔だったからです。

トメちゃんは、たいてい家の中で静かにしています。エネルギーまでとっておくみたいに、じーっと居間のソファや自分の部屋に座っています。

しかしそんなトメちゃんが、すばやく反応し行動するときがあります。それが、とっておきたいモノが目に入ったときなのです。

家族が捨てかけた、でもトメちゃんにとっては捨ててはもったいないモノ。それを見つけると、シワに埋もれたちっちゃな目がカッと開いてスイッチオン。トメ七八号発動。

「……え？　このクリーニング屋さんがくれたハンガー捨てちゃうの？　じゃアタシにちょうだいねカナコさん」

「あ。またお義母さんてば、そんなモノとっておいたって無駄……、あ、ちょっととっ」

嫁のカナコさんの声をふりきってひっつかみ、自分の部屋にしまいこみに向かいます。

トメちゃんの部屋は、そんなモノでいっぱいなのです。

新築の一戸建ての「オフクロの部屋だよ」といってもらった六畳の和室。その押し入れにも入りきらなくて、部屋の四隅にダンボールに入れて積んであります。そういう戦利品に囲まれて、巣の中で落ち着く小鳥のようにくつろいでいます。

(同居して、よかったよ)

憧《あこが》れだった品物も、ここにきてからは、簡単に手に入るのです。

たとえばトメちゃんが手をだしてもくれないテレクラやサラリーローンのポケットティッシュを、孫の順一くんや嫁のカナコさんは何げなくもらってきます。それを回収して、空いたティッシュボックスの上部を切り取ったものに並べてとっておきます。食べ盛りの高校生の順一くんがコンビニエンスストアで買ってくるカップラーメンやプリンの容器も好きです。お弁当についてくるミニ醬油《しょうゆ》や、小袋入りのカラシも見逃せません。

さらに割《わ》り箸《ばし》。

「トメばーちゃん、ほら見てみ。これ『楊枝付《ようじ》』なんだよ」

と教えてもらったときには、

「あれ、まあまあ、すごいねえ」

心臓が久しぶりにドキドキしてしまいました。

順一くんも、それいらいコンビニ弁当を買うと割り箸を二本もらってきてくれたりします。いい孫です。捨ててあるオートバイを拾って乗り回しておまわりさんにつかまったときも、親たちは嘆いたり怒ったりしていましたが、トメちゃんは、

(モノを大事にするいい孫だ)

と思いました。

そんなある日。トメちゃんは留守番をしていました。

まあいつものことです。午後は一人きり。ローン返済のために、嫁のカナコさんもパートにでているからです。

その点について、トメちゃんは気にやんでいます。

借金を返すために嫁が家をあけて働くなんて。昔なら、そんなことをさせる男は「かいしょ無し」と呼ばれました。それが自分の息子なのです。

「すまないね、カナコさん」

「あら、今はどこもそうですよ」

そういわれて、少しはホッとしましたが。

頭金七〇〇万円。銀行からの借り入れ三〇〇〇万円。返済二〇年。

四年前に健一さんとカナコさんが、思い切ってマイホームを買う気になったのは、公的な借り入れ機関が勧める「らくらく」という名称の返済システムがあったからでした。これは、当初五年までは返済額が少なくて済むプラン。五年もたてば、世帯主の役職も給料もボーナスもアップしていくだろうからなんとかなるだろうという目算で、当時は中流家庭がわれもわれもと借りました。月々の返済は一〇万くらい。ボーナス時には二〇万ちょっと。

（いけそう）

どの家庭もそう思ったのです。

来年から六年目です。ぐんと返済額があがります。しかもこの五年、健一さんのお給料はたいして増えませんでした。順一くんもまだ学生。心根と顔はいいけど頭は悪いので、私大へ上がるとなればまだまだお金がかかります。それを見越して嫁のカナコさんも働きにでたのです。たいへんです。でも今はまだいいのです。これでもし健一さんがリストラにでもあえば？　さらに、生活費やローン代にあてようとしてサラ金にでも手をだしたら？　あれよあれよと借金はふくらんで……ついには破産宣告……一家離散。

トメちゃんも姥捨《うばす》て山にいくしかなくなるかもしれません。

今日は明るい新築の家が、明るい家族が、明日笑っていられるかどうかはわからない。ピカピカのフローリングの床板一枚はがせば現れる借金地獄……。そんなフローリングの上に、トメちゃんは、午後はいつも一人きりなのです。

でもトメちゃんは、お留守番が好きです。

そこいらに家族が放りだしたモノを回収できるし。みんなの個室も覗いてみられるし。

若夫婦の寝室の引き出しの貯金通帳の残高が五〇万円もないのも見られるし。

（今日は、孫の部屋を覗いてみようかね）

カチャリ。そろり。きょろり。この部屋だけ、寝具はベッドです。トメちゃんは、ちょっと毛布をめくって、ベッドに入って寝てみました。

「……孫くさい」

青春の匂《にお》いを、しなびた胸いっぱい吸ってから起きました。

部屋の隅には等身大のビニール人形が置かれています。順一くんの好きなヒーローなのですが、トメちゃんにとっては知らない人です。

「なんだね、この人は」

マントをつけ、下半身はタイツ姿です。むっちりした太もものあたりをじーっと見て、トメちゃんは、

「順一、大丈夫かね」

とつぶやきました。

それから自分の部屋に戻って、老眼鏡をかけて、とっておいた古新聞をハサミでチョキチョキ切りはじめました。これを丸めてガラス戸をふくとキレイになるのです。四角にカットしながら、トメちゃんはその新聞もちらちらと読みはじめました。

お料理欄。

「ふうん、沖縄料理のニガウリの炒め物か。ごうや……ちゃんぷるう、ね。ごうやちゃん

ぷるう。ごうやちゃんぷるう」

トメちゃんは記憶したいものは繰り返します。トメちゃんはおばあちゃんですが、未知なるものへの学習意欲はまだ盛んなのです。なぜ七八歳の今、ゴウヤチャンプルーを記憶せねばならないのかは謎《なぞ》ですが。

次は、人生相談欄。

「三〇歳になる息子が家に閉じこもったきりで困惑」という相談です。

「へえ、たいへんだねえ。でもアタシなんか七八で家に閉じこもったきりだからね。三〇なんてまだまだだわよ」

次は、医療最前線という連載。インフォームドコンセントについて。

「へえ。いんふぉ……いんふぉ……む……どこんせんと、ね」

トメちゃんのつれあいは、結婚まだ六年目の、息子の健一さんもまだ小さかったころに、愛人さんとの逢《あ》いびき中にポックリいきました。連絡をうけて、

「死んじゃったこと」と、

「愛人がいたこと」

が同時にわかりました。カッときました。でも不貞を問い詰めようにも相手はもう、降参の白旗をあげるように白布を顔面にのせてだんまり……。

あとは葬式だのでバタバタして、結局、いかなる理由でぽっくりいったのか、じっくりと医者にたずねるヒマも、また聞かされることもありませんでした。愛人さんが近所の肉屋の奥さんだったので、それ以来「肉屋」とか「肉」と聞いただけでムカムカしたものです。とくに、

「あいびき肉」

と聞くと、

「逢いびき肉」

に聞こえて、

「いやあああっ」

と泣きそうになりながら、幼い息子を抱えて、主に魚を食べながら生きてきたのです。

まあでも今になってみればちょっと、

(なんであの人、ぽっくりいっちゃったのかねえ。ちゃんと聞いときゃよかった)

と思うこともあったのです。だから今日は「インフォームドコンセント＝医者から十分な説明を聞き了解するのが最近の医療方式」という記事を読んで、

「まったくだ」

とうなずいたわけです。トメちゃんは頁をめくりました。

初夢ジャンボ宝くじの当選番号がのっていました。トメちゃんはおじいさんのことはもうどうでもよくなって、宝くじのことを考えました。

（あ……そういえばアタシも）

何枚か持ってたような……。たしか一年前くらい。居間に放置されていたのを見つけて、

「こんなとこに置いといちゃいけないね」

と拾って保管した覚えがあります。家族の誰かが気まぐれで買ったのか、その後は誰も「どこへいった」と騒ぐこともなくて、トメちゃん自身も忘れていたのです。

そういう紙きれなんかは、嫁のカナコさんが捨てようとしたのを拾った女性週刊誌の間にはさんであるはずです。そうするのが、紙きれを一番きれいに保管できる方法だからです。パラパラとめくった何冊目かで、ハラリ。

「あっ……あった、これこれ」

一枚三〇〇円のが三枚。

番号をつきあわせてみました。一枚が、二等七〇〇〇万円に当選していました。

トメちゃんは、亀のようにじーっと動かなくなりました。

「あたった……」

あ、人間に戻りました。急げトメちゃん。支払い期限は今月の二四日まで。あと三日し

かありません。

「息子に知らせなくちゃ」

一一九番に電話しました。

「はいっどうしました？」と聞かれて、

「あ……え？　すいません」と電話を切りました。

（いけない、落ち着かなくっちゃ）

トメちゃんは、神様を見あげました。鴨居《かもい》の高さの吊り棚に、神棚がまつってあるのです。つまさき立ちして手をのばし、前面を占めていた二段重ねの大きな丸餅《まるもち》を横にずらしました。

鏡餅です。

正月の鏡開きもすぎたころ家族が捨てようとしていたのをひきとってきたものです。

「処分しないとかえって縁起が悪いんだよオフクロ」と息子にいわれましたが餅は餅。もったいないもったいない。

トメちゃんは、鏡餅をずらしてできたスペースに宝くじをちょっとのせて、神様にも見せてあげました。パンパン、と手も合わせました。

「七〇〇万円あれば、ローン地獄から、ずいぶんと家族を救えます。神様ありがとうございます」

それからまた背伸びをして、宝くじを神様から取り返して着物の襟元にしまい、こんどは前方の、神棚のちょうど真下にある仏壇に手を合わせました。

「仏様も、ありがとうございます」

トメちゃんは、神も仏も、とってあるのです。

「そういうのは神様どうしがケンカをするからダメなのだ」と息子はまたいうのですが、どっちかを捨てるなんてできません。

チーン。合掌。浮気なおじいさんももう写真の中でおとなしくしています。

「おじいさん、アンタの計らいかもしれないねえ」

あの世で、嫁のカナコさんまで近所のスーパーのレジをやって家計を助けているのを見かねて、幸運を運んできてくれたのでしょう。

「おじいさん……あんときのこと、思い出さないかい？」

トメちゃんは戦後のインフレ体験者です。戦後夫婦でためた貯金……それこそ家一軒は建てられるくらいのお金が、インフレで、あれよあれよという間に米一斗しか買えなくなってしまった経験があるのです。

あのときの悔しさがすーっと晴れた……その直後でした。

どっごんっ。

神棚の棚を留めていたクギが、かねてから鏡餅の重さに耐えかねていたのです。それがとうとうゆるんで……棚が前さがりに傾斜して……鏡餅もずるっと動いて……。

カビの生えた丸餅が、トメちゃんの頭を直撃したのです。

一時間後。

トメちゃんの意識はもどりました。鏡餅が部屋の隅に転がっています。トメちゃんの頭にはタンコブができています。しかしそれ以外、世界はすべて元のままでした。ベランダ越しに見える空には幸福の白い鳩が……といいたいところですがカラスが舞い、向かいのマンションのベランダで奥さんがパンパンとふとんを叩《たた》いています。

トメちゃんは、目をパチパチしてから、

「ああ、痛い痛い……どっこいしょ」

と立ちあがり、台所にいって、いつでもお湯のわいているポットの頭を、

「パコウ、パコウ」

と押して、お茶をいれました。

それから部屋に戻って、転がっている鏡餅を抱えて台所にもどり、新聞紙の上にのせてトンカチでどんどこどんどこ叩いて砕きました。それをゆうベテンプラした残り油（嫁の

カナコさんが固めて捨てようとするのを止めておいたのです。正解でした）に梅干しを一粒入れました。こうすると古い油が回復するのです。

「シュワアア、ジャーッ」

と揚げて、新聞チラシにザッとのせて余分な油をとって、粗塩をぱぱっとふります。

嫁のカナコさんがスーパーのパートから帰ってくるころには、おいしい手作りオカキがどっさりできていました。

「鏡餅がねえ、落ちてきたの」

夜になってそう聞いた家族はびっくり。トメちゃんのオツムをかわるがわる触ります。

「うわタンコブ。打ち所が悪かったら死んでたかもね。トメばーちゃん運がいいよ」と順一くん。

「お義母さん、だから棚にあれこれのせない方がいいっていったのに」とカナコさん。

「オフクロ、明日、脳波検査にいった方がいいぞ」と息子。

みんなが心配してくれました。

トメちゃんは、いつものように夕食をいただき、お風呂に入り、部屋に戻りました。寝間着に着換えようとして、脱いだ着物の襟元から紙きれが落ちたことに、トメちゃんは気づきませんでした。トメちゃんはふとんに入りました。

畳も青々、壁も真っ白。床下はローン地獄でも、見あげる天井はピカピカです。こんなりっぱな部屋に、もうさほど役にたたないおばあちゃんを、家族はとっておいてくれるのです。

「ありがたいねえ」

引っ越してきてから毎晩つぶやく言葉がトメちゃんの口からまたもれました。

「はい、おやすみなさい」

トメちゃんは、ときどき輝くちっちゃな目にもまぶたのふとんをかけました。

また明日開くかどうかわからないまぶたです。

でもこの家へ呼ばれてから、人生の賞味期限は……なんだか逆に、毎日のびていくみたいです。

天国へいかせる里子さん

池袋にあるイメージクラブの面接を受けたとき、里子さんは、事務職の求人案内を見てきたような、白いブラウスに紺のスカートという地味な格好をしていました。

「前にいた店が……つぶれまして」

体も小さいし、声も小さい。

「風俗、ほんとにはじめてじゃないの?」

耳たぶがぽってりと福耳の店長さんは、

(さえない子だなあ)

と思いました。いや、素人くさいのはイメクラでは歓迎です。でも男を引きつける魅力はほしい。里子さんは、服が地味なだけでなく顔も地味でした。目は細いし唇はうすいし、胸もうすいし影もうすい。ホメるところがないので、

「まあいいよ、マジメそうだから」

と店長さんは耳たぶを引っぱりながらいいました。

里子さんはじっさいマジメでした。遅刻もせず無断欠勤もなし。ＯＬのように毎日きちんと出勤してきます。自分でお弁当も作ってきたりして。他の女の子たちはみな、夕飯は出前をとります。はじめて店にでた日には、女の子たちはみな、

「うう、吐きそう」

といって何も喉《のど》を通りません。でも一週間もすれば、

「力つけなきゃやってらんねえよ」

などといって天丼《てんどん》とか鰻丼《うなどん》の出前を頼んだりするのです。

意外なことは他にもありました。

里子さんはお客さんの評判もいいのです。回を重ねるごとに、ハマってしまったという感じで、里子さんを指名してきます。これには福耳さんも驚きました。

お客さんにいわせると、いざはじめてみれば、里子さんの細い目や唇が開く、というのです。眉《まゆ》があがり、瞳《ひとみ》が潤んで、声がハスキーになって。

その上、役によって、雰囲気も表情もすっかり変わってしまうというのです。

イメージクラブが他の風俗店と違うのは、架空の状況や場所やストーリーを設定して、店の女の子とお客さんが登場人物となって、二人芝居を楽しむという点です。展開は自由です。でもじっさいには、あんがいワンパターンなものなのです。お客さんが指定する衣

装は、看護婦や女子高生の制服や、ボディコン服や下着姿……そんなところで済んでしまいます。高校中退の、店の女の子などは、

「高校でてからの方が、セーラー服着てるよあたし」

といっているくらいです。まあ店もその方が道具も衣装の種類も少なくて済むし、女の子もお客さんのいうまま動いていればいいわけで、工夫もなくて楽なのですが。

里子さんは、熱心なのです。自分で設定やストーリーを考案したがる。店にない衣装は、自分で縫ってきたりして。あるいは、お客さんの要望も聞くけれど、

「次は、こんなのはどうかしら」

と提案して、ゆるやかに自分のやり方を通していくのです。

細部にもこだわります。世界をきちんと構築したいのです。お客さんとともに。

そんなわけで、お客さんの中には、

(めんどくせえな)

と思って他の女の子に移る人もいます。でも里子さんの創意工夫を一緒に楽しむ人もでてきます。そうなったらもう、他の女の子ではダメになるのです。

実のところ、里子さんはオフの日も、マジメでした。

休日を、よく区立図書館で過ごします。里子さんは、予習しているのです。

常連さんからの次回の注文に応じて。あるいは、新しい役作りのために。「職業別／入門書シリーズ」はもう愛読書です。今女性に人気のトリマーやインテリアコーディネーターの入門書も読みました。つまり「壁紙を選んでいる最中のインテリアデコレーター」といった注文もこなせるわけです。といっても、

「それをやってくれ」

と頼むお客さんはあまりいませんが。

子どもの勉強室で絵本や日本昔話もよく読みます。浦島太郎や因幡《いなば》の白ウサギになるためです。

里子さんのお客さんの中には、エッチしない人もけっこういます。里子さんが、

「添い寝してくれるお母さん」や、

「キスもできなかった初恋の人」

になってあげると、それだけで満足して、さっぱりした顔というより、やすらいだ表情になって帰っていきます。

里子さんは仕事場ではカンが働きます。お客さんの潜在的な願望を見抜いて、即興でストーリーを考えたりもします。そのスジの人と、

「カタギの人ごっこ」

をしたり、おまわりさんと、

「犯罪者ごっこ」

をしたり。

さらに里子さんは、人間だけでなく、動物や、モノにもなります。

たとえばお客さんが電信柱になり、里子さんが犬になってオシッコをかけるとか。

そういうときでも、里子さんは、マジメです。マジメに犬になり、マジメにオシッコをかける。

里子さんは復習も欠かしません。道ばたで電信柱にオシッコしている本物に出会えば、じーっと観察して、

「なるほど。足の上げ具合はああすればよかった」

などと反省します。

今まで注文されて断ったシチュエーションは、たった一つです。

「愛しあう義理の父と娘」

という注文でした。どうしてもイヤでした。本物の父と娘に設定を代えてもらいました。

「そっちの方がマズいんじゃないかなあ」

お客さんはニガ笑いしていました。そのときだけです。里子さんが断ったのは。

「俺《おれ》の、嫁さんになってくれ」

　といわれたときにも、うなずきました。常連さんです。里子さんも好きな、一番気合いの入る、宮地さん二七歳。役者をめざしているというだけに、何の役をやってもじょうずです。イメクラは、演技のヘタな客が相手だと、セックスつきの学芸会みたいなものです。でも宮地さんのような相手となら、セックスつきの舞台芸術にもなります。宮地さんに「ストーリーが散漫だ」とか「状況があいまいだ」と欠点を指摘されて、里子さんはハッとして、今までの自分は、

（お客さんにホメ殺しされていたかもしれない）

　と反省しました。

　里子さんは宮地さんを尊敬しました。二人でディテールをつめて演じました。人間関係や気持ちの動きも平板にならないようにして。しかも最後には、いいセックスというオチがつくように。里子さんは、宮地さんが相手だと、いつにもまして真剣な汗をかきました。やはり自分と互角かそれ以上の水準の相手としてこそ、技術の向上はあるのです。

　福耳さんに惜しまれながら、里子さんは店をやめました。

　里子さんは、宮地さんの「とてもいい奥さん」になりました。

　もともと奥さん役は注文回数が多いので慣れています。また実際になってみると、新た

なるディテールの発見も多くて勉強になりました。里子さんは、何かあるたびに、自分はどうするかでなく、

「この場合、いい奥さんはどうするか」

という シミュレーションのもとに動きました。宮地さんの両親にも、近所でも、評判は上々です。

「俺も落ち着かなきゃな」

宮地さんは役者をあきらめ、親の会社をついで社長になりました。

「別の人になりましょう」

と里子さんがベッドで誘っても、

「疲れてるんだ」

なんていって。

「おまえはまだそんな……」

なんて、ちょっと軽蔑《けいべつ》したような目で見たりして。

そのうち里子さんは、奥さんでいることに飽きてきました。それでも最後まで、

「正しい奥さんは、最後にはどうでるか」

という視点で行動しました。

自分だけハンコをついた離婚届をテーブルに置き、冷凍庫に入るだけの彼の好物のオカズをタッパにつめて残し、冷凍したらマズくなる芋や大根の煮物には「早めに食べてね」というメモを添え、しめたドアの鍵《かぎ》を郵便受けにチャリンと落として家をでました。

福耳さんは里子さんの復職をよろこんでくれました。

「帰る所があるってありがたいです」

里子さんは小さな声でいいました。ここはやっぱり落ち着きます。お店の中だと深呼吸ができる。なまっていた体とカンも、ほどなく元に戻りました。ことに、奥さん役をさせればもう里子さんの右にでる者はありません。

里子さんは、以前にもましてマジメです。

「なあ、心中ごっこしようか」

あるとき、四五歳の田所さんというお客さんが提案しました。復帰後に里子さんの常連になった人です。小さな目でいつも里子さんをじっと見つめて、

「愛してるよ」

といってくれます。

でも今日は元気がありません。ひんぱんな風俗通いが奥さんにバレたのです。バレたのに、やってきたのです。

「いいわ、心中ごっこね」

首をヒモでしめてみることにしました。ヒモはたくさんあります。SMごっこ用だけでなく、運動会の綱引き用、縄トビ用、電車ごっこ用、あやとり用。

このごろは里子さんの影響で、店も備品に幅をもたせているのです。従業員の熱心さが、店にもいい影響を及ぼしているのです。

里子さんは、適当なヒモを二本用意して、たがいの首にぐるっと回しました。相手のヒモの端を左右の手で握ります。田所さんはためらいつつも、そのわりにけっこう強くヒモを引きました。

(うっ、田所さんやるわね)

里子さんはちょっと彼を見直しました。彼はどちらかといえば、

「何やっても田所次郎」

という感じの、つまりは大根役者だったのに。それならと、里子さんも本気をだします。

「ぐえ」

田所さんが声、いや、音をだしました。だしながら、田所さんもさらにヒモをひっぱってきます。里子さんはムッときました。相手が自分より真剣だとプライドが傷つくのです。

「くへ」

とまた田所さんが音をだします。田所さんの顔は真っ赤です。目玉も飛びだしてきました。何かいいたそうです。いつもの「愛してるよ」でしょうか。でもいわなくても、里子さんには伝わってきます。最終的には、演技は、言葉ではなく、

（目ね……）

里子さんはまた一つポイントを……つかんで……。

気がつくと、目の前には田所さんでなく、おまわりさんの顔がありました。救急病院のベッドの上です。

里子さんは事情聴取を受けました。でも事情は里子さんの方が聞きたいくらいです。

「男？　死んだよ」

おまわりさんは素っ気なく答えました。

「気絶したあんたを死んだと思ってあとを追ったようだな。自分で首つって自殺しちゃったよ」

「……」

里子さんの目から、わけもなく涙があふれでました。その涙がもはや演技か演技でないのか、里子さん自身もわかりませんでした。

その事件のせいで店は営業停止になりました。

でも福耳さんは里子さんを責めませんでした。耳たぶを引っぱりながら、

「いいさ。キミがまだつづけるなら、僕と一緒に別の店に移ろう」

といってくれました。耳たぶが赤くなっていました。

里子さんも赤くなりました。

里子さんと福耳さんは、同業者のツテで、別の店に移りました。

こんどの店も、やはり池袋にあります。そのせいで、元の常連さんとすれ違うこともあります。出勤前に駅前の銀行に立ち寄ると、キャッシュディスペンサーの列で隣り合わせになったりして。おそらくはまた風俗にいくために、毎日働いているのにあまり残らない残高の内の何万円かを引きだしているのでしょう。でもそんなに近くにいても、誰も里子さんには気づきません。

一方、里子さんは、毎日働いているのでどんどん増えていく預金の中から、当座の、福耳さんとの生活費の何万円かを引きだしながら、とくに声はかけません。

でも里子さんに気がつかなくても、お客さんたちは心の中では、里子さんのことを忘れられずにいるのです。また里子さんのような人を求めて、繁華街の路地裏へ向かっていくのです。そんな背中を見送って、里子さんも、後ろから、同じ方向に歩きはじめます。

今日はお弁当を二人前作ってきました。今日一番に予約の入っているお客さんと、先週、

「次はピクニックしましょう」

と約束したからです。

空気の澄んだ森で、お弁当を広げて、最後に青空の下で愛しあう設定です。

「オニギリ作ってくるわね」

「ほんとかい？」

お客さんは感激してくれました。オニギリの中身は、鮭《さけ》と梅干しにしました。

（あ、梅干し……苦手かしら。いいわ、それだったら私の分の鮭もあげよう）

里子さんは、ネオンの森の中にわけいっていきます。

その小柄な姿はすぐにまぎれて……。

あ、もう、見えなくなりました。

おいしいパン屋と息子たち

金太郎くんとピエールくんは、幼なじみです。

金太郎くんは、ニコニコデブッチョ。お米屋の両親に大切にふっくら育てられて、ほっぺたツヤツヤバラ色で、力持ちだけど気はやさしい。つまりは「こいつただのニコニコデブッチョだ」と幼稚園のいじめっ子にも見抜かれどつかれ、よく泣かされたりします。

そんなときいつもかばってくれるのが、お隣に住む同い年の、幼稚園にも手をつないでいくピエールくんです。

ピエールくんは混血児。

お父さんはパリ生まれ。お母さんは千葉生まれ。その血がまじったピエールくんは、髪は黒くて目はブルー、顔は小さく手足は長くてカマキリみたいな、珍しいイキモノです。なのに純国産米みたいな金太郎くんの方が、

「デエブ、デエブ」

と外国名前みたいに呼ばれたりして。でもそれがいじめと気づかない金太郎くんは、

「はあい？」

とかわいく返事したりして。すると敏感なピエールくんが、きっぱりした日本語で（というかフランスにはいったこともないしフランス語も話せないのですが）、

「金ちゃんをいじめるなっ」

と抗議するわけです。

ピエールくんちは、パン屋さんです。

店名はパリー堂、看板にはエッフェル塔や凱旋門《がいせんもん》のイラスト、焼かれるのはフランスパン……とベタベタにわかりやすいフランスチック。

でも、焼かれるパンは頑固で迫力のあるパンです。

種類もわずか。重くてみっしりと中身がつまっていて、じゅんぶんに発酵し焼かれた小麦の匂《にお》いがして、しっかりアゴを動かさないと食べられない、亀の甲羅のような形のカンパーニュ。そこにたくさんのクルミの入ったもの。ドライフルーツの入ったライ麦パン。木の棒のように細くて長い、濃い黄金色をしたバゲット。そしてゆいいつサクサクした食感の、クロワッサン。

朝五時には、小麦の焼ける香りが、隣の米屋店舗の二階で寝ている金太郎くんの鼻の奥までとどきます。

金太郎くんはしょっちゅうパリー堂の作業場へ遊びにいきます。

「ばっしいん、ばっしいん」

金髪大魔神とでも呼びたい、身長一九〇センチ体重一〇〇キロのフランス人が、筋肉もりもりの腕でパン生地をつかみ、作業台に叩《たた》きつけています。

「……ピーくんのおじさん」

金太郎くんは、小さくかわいく声をかけます。

「オウッ、キンタロー。いらっしゃい」

魔神の目が急にやさしくゆるみます。ガラス玉のような薄い色の瞳《ひとみ》をキラキラさせて、でっぱったおなかをふるわせて、ホッホッホと笑います。

これが、ピエールくんの父、フィリップ氏です。

金太郎くんは、フィリップ氏が、パンを焦がしたときなど「オウ」と肩をあげて悲しげなポーズをするのもおもしろくて好きです。あとでマネっこして、

「オウオウ」

いってみます。

発酵したパン生地に触らせてもらうのも好きです。ぽってりしたパン生地をナデナデ。指で押すと「ムニイ」とへこむその感触も気持ちいい。窯からだしたてのパンの「ピチパ

チ」という声を聞かせてもらうのも好きです。フィリップ氏のパンは、イキモノなのです。

「あら、金ちゃん、いらっしゃい」

ピエールくんのお母さんも、作業場に入ってきました。

千葉生まれの、毬江《まりえ》さんです。

毬江さんは小柄です。もう一児の母なのに、髪は三つ編み。大きなフィリップ氏と並ぶと、別のイキモノどうしみたいです。でも仲良しで、

「フィリップ」

「マリー」

と呼びあって、しょっちゅうチュッしています。

パリー堂の休日。

金太郎くんはよくピエールくんちへモーニングにお呼ばれします。

ピエールくんちも二階が住まいです。そのベランダ……といっても物干し台に毛が生えたくらいの広さですが、そこで朝ご飯をとるのです。フィリップ氏が軽々と折り畳みテーブルを運んでだします。マリーさんが赤いチェックのクロスをぱっと広げます。カゴに入った焼きたてのクロワッサンやバゲットが置かれ、熱いカフェ・オ・レをたっぷり注いだ大きなカップや、エスプレッソの小さなカップが置かれます。

フィリップ氏は、カフェ・オ・レにクロワッサンをぽしゃぽしゃ浸して。あるいは蜂蜜《はちみつ》とバタをたっぷり塗ったバゲットを齧《かじ》ることもあります。マリーさんは、バゲットに自家製のオレンジマーマレードをたっぷり塗って。飲むのは砂糖を多めに入れたエスプレッソ。金太郎くんはミルクをたっぷり入れてもらったショコラを飲み、バゲットにイチゴの粒の残るジャムをこってりと盛ってパクリ。お米屋のご両親が金太郎くんにオニギリを持たせることもあって、そんなときは、金太郎くんちの最上級のお米で作ったオニギリが大好きなピエールくんは、そっちだけ食べたりもします。フィリップ氏もマリーさんもパンと交互にいただきます。

「うふふ」「ホッホッホ」

幸せ幸せ。空も青いし、みんなの目も青かったり黒かったり薄かったり……。

そんなときでした。フィリップ氏とマリーさんは、よく「パリ」の話を聞かせてくれました。

二人はパリで出会いました。

当時フィリップ氏は、かけだしのパン職人。マリーさんは旅行者。二人はカフェで隣り合わせました。マリーさんは、チーズをはさんだ大きな長いバゲットサンドをどうやって齧ったらいいものか、ぼーとしていました。両手で持って口をあけたもののそのまま停止状態。フィリップ氏の目に、その唇のかわいらしさが飛び込みました。

（ああ、なんて全《すべ》てがちっちゃい人なんだ。オモチャみたいじゃないか）

フィリップ氏は身をのりだし、こうやって食べるんですよ、と身振り手振り。金色の産毛のなびく太い腕をのばして勝手にマリーさんのバゲットをつかみ、むりむりっと半分にちぎった上に、むぎゅうっと握ってつぶしてあげました。その腕っぷしに、マリーさんも、

（まあ、信じられない怪力。バケモノみたい。でも男らしい）

と目をパチパチしたのです。

フィリップ氏はパリ案内をかってでてくれました。翌日も。その翌日も。マリーさんの滞在中、毎晩エスコート。「マリー」「フィリップ」と呼びあって。帰国するころには、「ジュテームジュテーム」。帰国の朝には、「二人でベッドに入ったまま夜明けのカフェ・オ・レ」していたのです。

びっくりしたのは千葉でナシ農園をやっているマリーさんの両親です。一人娘をちょいとパリへ遊びにやったら、異国の巨人の毛深い腕にぶらさがって帰国してきたからです。しかもこの大男、毬江とつけて慈しんできた一人娘の名を、勝手に、

「マリー」

なんて、呼びすてにするじゃないですか。しかもニコニコしながら、

「ワタシ、マリーヲ、アイシテマス」

なんて。覚えたてにしては内容は大胆な日本語で、いうじゃないですか。

両親、目が日の丸。

「許さんっ」

とびゅん。ナシが飛ぶ音です。

鬼にでもぶつけるようなナシつぶて。結婚の許しを乞《こ》うその後の手紙にもナシのつぶて。

二人が東京の小さな教会であげた結婚式にも欠席。計画していた新種のナシの苗木を植える計画も中止。農協の人にすすめられていた、ラ・フランスという品種名の洋ナシでした。

でも二人は別れませんでした。フィリップ氏はフランスの両親に許しをもらい、マリーさんと二人、東京の下町の商店街の一角に小さな店舗を借りたのです。

ホームベーカリー・パリー堂の創立です。

「パリで『ジュテーム』といわれたらもうおしまいなの」

マリーさんは笑います。金太郎くんはよく意味はわからないけれど、とにかく、

（パリはステキなんだ）

と思うのでした。

フィリップ氏とマリーさんは、休日の朝食のあとはよくピクニックにでかけたりもします。店のパンと、あとはチーズとワインをバスケットにつめて。ピエールくんを置いて、

二人きりででかけちゃったりします。

「ボクらの、セーヌ河」

と二人で勝手に呼ぶ、歩いて二〇分の亀川にいって、土手の草むらに、ピエールくんの赤ちゃんのときのヒヨコ柄の毛布を敷いて座り、二人でワインを空けて、歌を歌って、帰ってきます。

だからピエールくんは、亀川にいきたいときは、金太郎くんといきます。

店からバゲットを二本もらって金太郎くんを誘いにいきます。お隣にいないときは、商店街を探します。金太郎くんはたいてい三輪車でキコキコ商店街をドライブしています。

「金ちゃん、亀川にいこうよ」

「うん、いいよ」

「三輪車おいてきなよ」

「うん、いいよ」

河原につくと、バゲットを刀にしてチャンバラごっこなんかします。

パリー堂のパンは、よく焼き込んで水分がじゅうぶんに飛んでいるので、ポンッと折れて先っぽが飛んでいってしまうこともあります。

疲れたら、土手に座って、香ばしい皮を剝《は》がして食べます。齧《かじ》っている間、二人は無口。

子ども二人、川の流れを見つめつつ、カミカミ。じんわり小麦の味がしてきます。唾液《だえき》と交じって甘くなってきます。

「おいしいね、ピーくん」

「うん」

食べ終わると帰ります。

そんな二人も、一七歳になりました。

進学か就職か。進路決定すべきこの時期、お米屋さんで一騒動ありました。

金太郎くんが家業をつがずに、

「パン職人になりたい」

といいだしたからです。ふっくら育てたはずが、堅いパンに走るとは。

金太郎くんは、フィリップ氏に弟子入り志願。

「高校をでたら、製パン学校に通いながら、パリー堂で修業させてください」

「オウ、なんてこと。嬉《うれ》しいよキンタロー」

「金ちゃん、本気なの？」

ピエールくんはおどろきました。ピエールくん自身はパン屋をつぐかつがないかについて、まだ真剣に考えたこともなかったからです。

「米屋どうするの」

「だってパンが好きなんだもん」

金太郎くんの決意は堅いものでした。お米屋のご両親も、いつのまにそんな自己主張のできる子になっていたのか……と思うくらい。それが嬉しいような悲しいような。思い切れない部分もあるけれど「おまえがやりたいなら」と許してくれました。

金太郎くんは、ある計画をピエールくんに発表しました。

「僕ね、こんどの高校最後の夏休み、パリにいって、本場のパンの食べ歩きをしようと思うんだ」

「えーっ」

「でも一人じゃ怖いから、ピーくん、一緒にいって」

「えーっ」

ピエールくんは、うーんとうなりました。ピエールくんだって外国なんて怖い。でもまあ、いってみたい気もします。

「じゃあ、いこうか」

「わあい」

計画を聞いたフィリップ氏は、

「オウ、ぜひいってらっしゃい。人生が変わるでしょう」

と賛成してくれました。マリーさんは、

「パリにいけば、きっとステキなことが見つかるわよ」

と予言してくれました。

シャルル・ド・ゴール空港からパリ市内に向かうタクシーの中。

「ジャポネ？」

と二人は運転手さんに聞かれました。二人は高校英語と、直前にフィリップ氏から特訓されたフランス語……みたいなもので、

「我々は……パンを……食べに……きた」

と答えました。ワシ鼻の運転手さんは、そりゃあいいや、という感じに高らかに笑いました。それからずっとベラベラ喋《しゃべ》っていました。ぜんぜんわかりませんでした。金太郎くんは旅行案内書を読んで緊張しています。

「ねえ、市内まで二五〇フランくらいだって。五千円くらいだね。それ以上請求されたら怒ろうね」

サンジェルマン・デ・プレを入ったところにある、小さなホテルが予約した宿泊先です。フィリップ氏にすすめられたのです。二つ星のこぢんまりした清潔なホテルです。

翌朝。

二人はホテルの朝食はとりませんでした。早起きしてでかけました。ミネラルウォーターのボトルだけ持って。石畳を歩きました。

五分と歩かないうちに、どこからかいい匂《にお》い。

パン屋です。飛び込んで、焼きたてのクロワッサンを一つずつ買いました。店をでるとその場で齧りました。

「あ、ん……おいしいっ」

サクサクハラホロ。口の中でくずれる感触もマル。

パリの人々は、太陽にあたりながらパンを齧っていました。公園で、カフェで、歩きながら。そんなふうに食べられるパリのパンは、幸せそうでした。太陽の光をうけて黄金色に輝いています。

「パンが、かっこいいね」

朝、クロワッサンを齧りながら仕事にいく働く女性。

昼休み、芝生の輝くリュクサンブール公園で、サンドイッチをほおばるサラリーマン。

午後、学校帰りにクロワッサンを一個、買い食いしていく子どもたち。

「いいね、いいね」

金太郎くんのほっぺたはパリに来てよけいバラ色です。それがパリの街角に似合っています。

二人は食べながら歩き、感想をいい合い、次のパン屋にまた入りました。パリは二〇区。でも東京の二三区の六分の一くらい。どんどん歩いて回れるのです。セーヌ河の左岸と右岸を、橋を渡りながら、ジグザグにいったりきたり。そんなふうに歩くと、セーヌ河が中心を流れるパリをめぐることができます。

「ふう」「疲れたね」

通りにはりだした赤や黄色のテントやパラソルのかわいいカフェで一休み。

その下で和む人々は、さまざまです。

昼食を、かんたんに、サラダとパンですます人。少し時間があるのか、白ワインを飲み、ハムサンドにチーズをたっぷりのせて焼いたクロック・ムシューにかぶりつく人。タバコをふかしながら読書する人。話に夢中になる仲間どうし。顔をよせあう恋人たち。

そんな人々の真ん中に、パンやコーヒーがあるのです。パリの食事はつつましい。でもパリの人は楽しげです。二人も、ハムやチーズをはさんだだけのシンプルなバゲットサンドイッチなんか頼んで、齧りながら話します。

「ねえピーくん、亀川の……あのときのパン、おいしかったね」

「うん」

「じつは僕、ピーくんにくっついてったのって、あのパンが食べたかったからなんだ」

「なんだ、そうだったのか」

幼なじみの二人なのに。パリにきて、はじめて打ち明け合うことが、あとからあとからあるのです。

夕暮れです。

カフェでは恋人たちが向かいあっています。セーヌ河の対岸でも、恋人たちが、夜のとばりに、一つのシルエットになって並んでいます。パリでは、人間はいつもカップルで存在しているのです。あるいはパリの風景は、抱きあって眺めるための相手を必要とするほど美しいのです。

二人はルーブル美術館と左岸をつなぐポン・デザールの橋の上で、夕映えの、オレンジ色に輝くセーヌ河を眺めました。明日は帰国です。

「……」

「……」

黙っていても、二人の気持ちは同じでした。

最後の夜。ホテルで、二人は結論をだしました。

「帰ったら一緒に暮らそう」

と決めたのです。これまでは、たがいに気持ちをおさえていました。

「……苦しかった」

金太郎くんは、シーツにくるまってつぶやきました。ピエールくんは金太郎くんの、発酵したパン生地みたいな丸い肩を、長いバゲットみたいな腕で抱きました。

「ねえピーくん、きっと……反対されるね、僕ら」

そう。みんなを悲しませるかもしれない。ピエールくんの親たちがそうであったように。でもともかく、勇気をだそうときめたのです。

パリのおかげです。

パリに来て、一七歳の若者たちは、ずっとしたかった恋をしたのです。見つめあう時間が、二人の我慢の限界を越えさせました。パリが、二人のハートに火をつけたのです。いつのまにか二人は手をつなぎ、夕暮れのセーヌ河畔を歩いていたのです。

翌朝。

二人ははじめてルームサービスをとりました。親たちのように「ベッドに入ったままクロワッサンにカフェ・オ・レ」したのです。

ピエールくんと金太郎くんは、チュッ。

フィリップ氏とマリーさんからうけついだ、かわいいフレンチキスです。金太郎くんは、涙ぐみました。

「僕、どんなことがあっても、耐えていけると思う。おいしいパンの焼ける職人になるよ。あ……このクロワッサン……おいしいね」

さすがパリ。小さなホテルでも、焼きたてのクロワッサンです。

「うん、うまいな。ねえ、考えたんだけど。僕もパン職人になろうと思うんだ」

外はサクサク。中はしっとり。

「えっ、ほんとっ？　ピーくんとパン屋さんができたら、すごく嬉しい」

帰りがけ、二人は、サントシャペル教会に入りました。礼拝堂の高窓の下、ステンドグラスが描く聖書の場面が光となって降り注ぐ中。二人は立ちました。手をつなぎました。

「ピーくん、カソリックって、僕らみたいの、許してくれるの？」

「火あぶりかもな。パン焼き窯の刑、なんて」

「やだあ」

笑った金太郎くんが、ふいにまた涙ぐみました。幸せで、そしてこれからのことが怖い気がしたのです。

「でも、僕、ピーくんがいなくちゃもっとイヤだ」

ピエールくんは金太郎くんを見つめました。小さいときから泣き虫で、いつもかばいたくなった金太郎くんです。でも本当は（自分が助けられたのだ）とピエールくんはわかっているのです。（金ちゃんが、日本人でもフランス人でもないヘンテコな自分のそばにいて安心させてくれた）とわかっているのです。

「僕だって、金ちゃんが必要なんだよ」

帰国した二人は、親たちに告白しました。

米屋じゃお父さんもお母さんも寝込んでしまってお粥《かゆ》生活。パリー堂のパンは、焦げたりふくらまなかったりして売り物にならない日がつづきました。どちらの親たちも混乱し、なかなか立ち直れませんでした。やがて高校をでた二人は製パン学校に入学し、それぞれの家をでて、アパートを借りました。

フィリップ氏がある日訪ねてきました。その朝焼いたパンと、家庭用オーブンレンジと、ガラス瓶を持って。

「ママも……いつかは許してくれるでしょう」

「ごめん……父さん」

「私たちはただ、おまえの血を受けつぐ子が見られないのが、残念なんだよ」

「ごめんなさい、おじさん」

金太郎くんはただシクシクと泣いています。

「父さん……たしかに、僕と金ちゃんには……父さんたちみたいに、パリの素敵さを語りつぐ子は作れない。でも、僕たち必ず、父さんみたいに、おいしいパンを作るから」

「オウ……ピエール、オウ……キンタロー」

フィリップ氏は、息子とその恋人を抱きしめました。

「これでパンを焼きなさい」といって、家庭用オーブンレンジを二人にくれました。「これも使いなさい」と瓶もくれました。中に入っていたのは、酵母菌でした。パリー堂のパンはすべて自家製酵母パンです。そのパン生地を発酵させるための酵母菌もフィリップ氏の自家培養なのです。リンゴやヤマモモなどの果実の酵母。グラハムの酵母。ドライフルーツの酵母。ジャガイモの酵母。ビールや日本酒や大豆などからさえ、フィリップ氏はパンの味をきめる元種を作るのです。

だから、フィリップ氏のパンは、生きているのです。

その命を、瓶につめて持ってきてくれたのです。

「ありがとう父さん」

「大切にします、おじさん」

金太郎くんとピエールくんは、二人でその瓶を抱えました。

保育器に入った二人の赤ん坊でも抱くように。

翌朝、ピエールくんと金太郎くんはオーブンレンジでパンを焼きました。それから毎朝、焼きました。フィリップ氏のパンに近づくにはどうしたらいいのか議論しながら。そして試食。

ミルクたっぷりのカフェ・オ・レに、自分たちで焼いた素朴なパンを浸して食べるとき、金太郎くんの頰《ほお》はバラ色になります。それを見るとピエールくんも幸せになります。

パリは、二人に聞いたのです。

「どんな朝を迎えたいの？」

二人は答えをだしました。

「焼きたてのパン。熱いコーヒー。そして恋人がそばにいれば。セ・ラ・ヴィ……」

それも素敵な人生だよね……と。

フランスの血はピエールくんで途絶えます。

でも二人の生き方は、親から受けついだ……フランス式。

竜宮商事

タエちゃんは、ムカムカの、イライラしいです。

一〇カ月もじーっと丸くなっていることにイラついたのか、誕生からして大早産。でも未熟児のわりに元気に成長し、ハイハイもとばして仁王立ち。一歳にして一〇〇メートルを歩ききり、いったん止まったもののさらに一〇〇メートルを前のめりで歩行。二歳にして服のボタンを自分ではめられるようになったタエちゃんは、ぶっちぎりの足の速さで少女時代は陸上部の短距離ランナー。インターハイにも出たのにフライングで失格。街でおばあさんのバッグをひったくって逃走した若者にカッときてそのバイクを追いかけて相手が信号で停まったので軽く追いついてバッグを逆ひったくりして表彰され。国立大学を優秀な成績ででたものの、面接官の「いつまで勤めるつもり？」なんて質問に（まだ入ってもないのにわかるかそんなこと）とカッときて「いい会社だったら辞めません」などと愛《あい》嬌《きょう》のない発言をして不採用つづき。

「大手はもうやめたっ」

と、竜宮商事という社員二〇名、隅田川べりに自社ビルを持つ……といってもちっぽけな四階建てで、一階は受付と警備員室、二階が倉庫、三階に社員二〇名が机を並べ、四階は社長室と会議室という会社の面接を受けたのでした。

社長みずからの面接でした。スーツ姿で、足元は健康サンダル。

「ウチの会社ね、隅田川の花火大会を眺めるには絶好のロケーションだよ」

（あ、ここにしよ）

タエちゃんは即決。事務職を得たのでした。

その出社初日。

今期採用されたのは（というか二人しか面接にこなくてそのうち一人は花火見物の特典に引かれなかったのか採用を断ってきたので）タエちゃん一人。そのせいか全社員二〇名の拍手を一身に浴びて迎えられました。社長もニコニコ、社員もなんかニコニコ。タエちゃんは嬉《うれ》しくなりました。就職戦線の最前線で過ごした数ヵ月の間にはっていた気持ちがみんなの笑顔ですーっと解けていくのがわかりました。

それなのに。やっぱりすぐにムカッときたのです。

「これ、大切な仕事だから」

先輩から譲り受けた最初の仕事が、

「バナナと牛乳をみんなのデスクに配る係」だったからです。

竜宮商事では「朝オヤツ」と称してバナナ一本と牛乳一パックが支給されるのです。

（えー、なによ、給食当番じゃあるまいし）

毎朝、房に実ったバナナを抱え、一本ずつ「むしっむしっ」とバラしながらみんなのデスクに配っていくその音が妙に荒々しくなってしまうタエちゃんなのでした。

しかも、自分でも食べなければなりません。タエちゃんは午前中は食欲がないのです。だから昔から朝食抜き。それなのに朝からバナナなんてムカムカします。

ところがそう感じているのはどうやらタエちゃん一人だけなのです。全社員、老若男女、和やかにモグモグチュクチュク。

「創業当時からつづく、わが社の伝統食だよ」

笑うと金歯の光る園田課長はいいます。

「社長が、社員の健康を願って決められたことだからね」

笑うと鼻毛が鼻の穴からとびだす川村係長はいいます。

タエちゃんの隣の席の男子ヒラ社員、一年先輩の島田政吉なんか、竜宮社長の、

「パタパタ」

という健康サンダル音が聞こえると、立ちあがって腰に手をあて、さわやかに牛乳一気飲みを披露して見せたりするのです。

(そうまでしてアピールして出世したいのか島田、オマエは)

タエちゃんイライラ。

でも、まだまだ。それだけではなかったのです。

縄トビです。タエちゃんにも、新しい縄が支給されて。

竜宮商事では縄トビが奨励されているのです。みんな、マイ縄を、会社のデスクの引き出しやロッカーにキープしているのです。握りにプリクラなんか貼《は》ってかわいがっています。隣の島田政吉の縄の握り部分には、

「マッキーS」

と書かれていました。自分をマッキーと呼ばれたいのだな、とわかりました。

昼休みは、みんな自社ビルの屋上にあがって縄トビ。

しかもただ跳ぶだけでなく、みんな競って高難度の技の習得にはげんでいるのです。マイ縄と一緒に支給される、縄トビカードのせいです。階級がアップするごとに花丸スタンプが押されるのです。

「三重飛びを一〇回連続できないと出世はおぼつかない」

そんな噂《うわさ》も聞きました。

男子社員はみな自宅でも訓練を積んでいるようです。駅から会社まで縄トビでやってきたマッキーが「オースッ」と叫んで横を通過してヒュンヒュンと跳んでいったときには、タエちゃんは思わずハエ叩《たた》きで後頭部を叩きたくなりました。

昼休みの屋上で、

「おー入んなさい」

と誘われて、

「はあい」

ピョン。と一つ縄で跳んだのが縁で社内結婚した男女もいるそうです。会社としては一応、安易な社内恋愛への発展は回避すべく、

「縄トビ内への異性の連れ込みは禁止」

としたものの、社長みずからが女子社員の縄にニコニコして入ってくるのでなし崩し。みんな楽しげに縄トビ交流しているのです。

（いやだねえ、近場で間にあわすなんて）

タエちゃんは、縄トビに興じる男女に背を向けて、一人、屋上から隅田川を見下ろすのでした。ここからの眺めだけは、たしかに最高です。

（干物の匂《にお》いがしなければ）

そう。実は屋上にいると、干物くさいのです。

屋上のはしには、物干し台もあって、湯飲み茶碗《ぢゃわん》を拭《ふ》くフキンやゾウキンが干してあります。その横に、干物も干してあるのです。社長の趣味である釣りの成果です。社長みずから開いて干したものなのです。隅田川花火大会日には宴会場に早変わりするこの屋上。その一ヵ月前から、花火をお題に句も募集され、優秀なモノは掲示され、竜宮社長賞にはこの干物が贈られる、というのです。

タエちゃんは聞いただけでイライラしました。

（なんでこんな会社が気に入ったんだろう）

と思ううちに、

「木下タエくん、きたる防犯訓練の日には、活躍してもらうからね」

金歯課長からポンと肩を叩かれたのが、入社三ヵ月目のことでした。

鼻毛係長から、

「A班班長」

と書かれた赤いハチマキも渡されました。

その訓練当日。終業時間が過ぎても、社内には、全員が居残っていました。

タエちゃんを班長とする一〇名赤組A班——この訓練では年の若い者が班長となるのが恒例なのです——は一階警備員室で、警備員のおじさんと共に待機。

警備員さんは、本格的ないでたちです。警棒を持ち、防弾ベストまではおっています。タエちゃんが手に握るのは、噴霧タイプの催涙スプレー。ほかのみんなも、ホイッスルや懐中電灯やホウキを持っています。

タエちゃんは、壁の時計をみあげました。午後八時です。

ピ……ピピピピ。

夜間セキュリティシステムのパネルが点滅。

「よし、いくぞ」

警備員さんの声に、A班班長タエちゃんは緊張しました。

警戒点滅がついて示されたのは、四階会議室です。不法侵入者のあったサインです。深夜に何者かが各部署のドアを開けると、センサーが感知して警備員室に知らせる仕組みになっているのです。泥棒や企業スパイに目をつけられるような金目のものも秘密文書もあるわけではないのに、竜宮社長の趣味で警備システムだけハイテクなのです。

「では、A班、出発します」

タエちゃんの言葉に、以下一〇名の赤ハチマキ班員たちもこっくり。警備員のおじさんを先頭に部屋を出発。

めざすは四階会議室。そこには、A班の到来を待つ、白組B班が集結していました。

B班メンバーは、役員一同と、残りヒラ社員です。

班長はマッキー島田。

その敵地へ向け、A班は忍び足で、すでに消灯された廊下を懐中電灯を頼りに進みます。

エレベーターも停まっているので階段を昇ります。A班班員の一人、三九歳でまだ独身の権藤女史が、

「暗くて怖いわ」

と、かわいい声でいいました。

「大丈夫ですか？　権藤さん」

「タエちゃん平気なの？」

「ええまあ、訓練ですし」

「でもこれがもし本当なら怖いわよね」

「怖いっていうか、頭にくるよな」

といったのは一九歳で結婚して二四歳の今すでに三人の子持ちで奥さんともうセックスレスになってしまったという、須崎先輩です。

「でもさ、ウチの会社を荒らすような奴《やつ》がいたら許せないよね」

そういったのは、金歯課長とデキていると噂の前田文代さんです。

みんなちょっと興奮ぎみ。

「あっ」

「どうしました権藤さん」

「階段、踏み外しそうになったの。あ……ありがとタエちゃん」

タエちゃんは、権藤女史と手をつないであげたのです。

着いた。会議室です。中は真っ暗です。

警備員さんは大胆にもいきなりドアを開けて、怒鳴りました。

「コソドロめっ、おとなしくでてこいっ」

警備員さんの声に驚いたのか、机の下にもぐってゴソゴソしていた不審人物が、

「ゴン」

と、机の天板に頭をぶつける音がしました。つづいて、バラバラッ。何か床に落ちる音です。警備員さんが照らしたライトに浮かびあがったのは乾電池でした。どうやら、盗聴器をしかけていたようです。あるいは電池交換にきたのかもしれません。

(会議を盗聴されていたんだ)

タエちゃんは、カッときました。

「わが社の情報を盗もうなんて、悪い人ねっ」

権藤女史もかわいく叫びました。

警備員さんは、すでに犯人に飛びついています。はがいじめです。タエちゃんも、催涙スプレーを思いっきりかけてやりました。形勢は警備員さんに有利。そう誰もが思った瞬間、もみあっていた両者が床に倒れました。

「うぐっ」

(あ)と全社員が思いました。会議室の照明がつけられました。部屋のすみに体育館座りでしゃがんで見守っていた役員一同も立ちあがりました。

倒れてうなっている警備員さんのために、救急車が呼ばれました。警備員さんは、一緒に倒れたB班班長マッキー島田に胸を圧迫されてアバラを骨折していました。

翌朝。タエちゃんたちは、退社後に警備員さんのお見舞いにいく相談をしました。

お見舞いの品は何がいいか。

タエちゃんは握っていたバナナを掲げました。

「お見舞いといえば、コレじゃないですかあっ」

「あ、いいね。それにさ、もともと警備員さんもバナナと牛乳飲んでたら骨折しなかったかもね」

　マッキー島田、加害者のわりにのんきです。

「カルシウム不足で骨がモロかったのかもしれないよな」とセックスレス須崎。

「縄トビもしてたらよかったのにね」

　権藤女史も目尻《めじり》にシワを浮かべてにっこり。

　また春がめぐってきました。

　警備員さんも復職。ときどきタエちゃんは、あまった牛乳やバナナを警備員室に持っていってあげます。

　ムッとした顔でバナナを配っている新人の女の子には、

「あんたねえ、バナナや牛乳はいいのよ。精神を安定させるカリウムや、繊維質や、骨になるカルシウムが豊富なんだから」

　なんて意見しています。気のせいか近ごろはイライラすることも少なくなったようです。

　縄トビも上達しました。タエちゃんもともと運動神経はいいのです。先日の、近くの運動場を借りての社内運動会では、縄トビしながらの一〇〇メートル走で、ぶっちぎりの優勝を果たしました。社内じゃもう人気者。近ごろは「タエちゃんキレイになったわね」ともいわれます。

実は、マッキーと密《ひそ》かに恋愛しているのです。

いつのまにか気になる人になっていたマッキーの机に一番太いバナナをそっと置いたりするうちに、マッキーもタエちゃんの気持ちに気づいてくれて。

プロポーズされたらOKです。

（そしたら結婚退職かな）

でも、

（結婚後も会社に残ってもいいかな）

とも思います。

（ま、そのときになって、ゆっくり考えればいいや）

休日。タエちゃんは、ちょっと寝坊して起きだすと、新聞を読みながら、ゆっくりバナナと牛乳をいただきます。自分のアパートにも常備しているのです。このセットをいただかないと、一日の調子がでないのです。

（来週は、隅田川の花火大会だわ）

花火見物宴会の幹事はタエちゃんです。屋上から眺めるそれは大迫力で、竜宮商事に入って本当に良かったと思いながら、みんなでのんびり、

「たーまやー」

と声をかけるのです。

日本橋デパート童子

花ちゃんの故郷は、松越デパートの日本橋本店です。

小さいとき、そこに、置き去りにされたからです。

その日のことを、花ちゃんは少し覚えています。

まず、入口で亀の石像にまたがりました。このデパートへくると子どもはたいていそうしたがって親にせがむのです。それから花ちゃんは、ブラウスから靴下まで買ってもらい、それを次々に身につけていきました。着てきた服は、母親が紙袋にしまいました。それからイベント会場でちょうど開催されていた宮城物産展で笹《ささ》カマボコを試食し、ファミリーレストランでお子様ランチを食べ、オムライスに刺さっていた日の丸の旗をもらってでて、最後に屋上のミニ動物園にいきました。係のお兄さんにミニウサギやハムスターを抱かせてもらいました。振り返ったら親は消えていました。

花ちゃんに、それまでの二年の人生を想像させるものは残っていませんでした。

松越の服に身をつつみ、松越のウサギを抱き、ポケットには松越のオムライスにくっついていた国旗が入っていました。花ちゃんは全身が新品でした。それまでの汚れた服を脱ぎ捨てて、きらびやかな、松越デパートの子として再生したかのようでした。

迷子係のお姉さんは、何度もアナウンスをしてくれました。飴《あめ》もくれました。

「お年はいくつ？」

と笑顔で聞いてくれました。

「はなちゃんねー、二っちゅ」

花ちゃんは指をVサインにしました。もう自分の名前も年齢もいえます。

「パパとママのお名前は？」

「パパとママ」

「お名前は？」

「わかんない」

「住んでいる所は？」

「わかんない」

花ちゃんが警察の人と一緒にいくとき、お姉さんはもう笑っていませんでした。残りの飴も全部くれました。親の顔は思いだせませんが、あのときのキレイなお姉さんの悲しそうな顔を、花ちゃんは今でも覚えています。

花ちゃんは、一九歳になりました。

今の仕事はホステスです。去年まではＯＬでした。

白い肌と、豊かな肉体。それが活《い》かせるという意味では、花ちゃんはＯＬより水商売向きでした。

松越デパートには、今でもしょっちゅういきます。

ＯＬだったときも、手取り一三万円のお給料やボーナスといった収入の大半を松越での買い物につぎこんでいました。休日なんかもう一日中いりびたり。

花ちゃんは、松越デパートが大好きなのです。

高級ブランドを揃《そろ》えた華やかな松越にいると、会社の退屈さも何もかも忘れました。デパートで颯爽《さっそう》と買い物している自分が好きなのです。それ以外の時間の自分はゴミみたいです。だからもっと買い物ができるように、去年ホステスにトラバーユしたのです。

花ちゃんは、松越ではちょっとした顔です。
二、三〇万円のスーツをポンと買います。これは普通のＯＬにしたら、清水《きよみず》の舞台から飛びおりるような買い物です。こういう買い物を花ちゃんはデパート内のあちこちのなじみの店で、定期的にじゅんぐりにします。ヒナたちに、順番に二、三〇万円のエサを運ぶ親鳥みたいなものです。花ちゃんは、女優のように洗練されたオシャレをして、デパートという舞台を歩きながら、ときどきその舞台から飛びおりるような買い物をするのです。

花ちゃんは、自分の生みの親のような、この松越デパートに愛されたいのです。

ショップの店員さんは、すぐ顔を覚えてくれて、親しくなると、

「最近きてくれませんね」

とかスネたようなこともいってくれてかわいいのです。松越には花ちゃんの友だちがいっぱいいるのです。

顔なじみでなくても、松越で揃えた衣装に身を包んだ美しい花ちゃんを、

(うちのデパートの宣伝に使いたいくらい……)

と思って見ている店員さんも多いのです。花ちゃんは、店員さんたちの間では有名人。

(捨てられたのが松越デパートでよかったわあ)

と花ちゃんは思います。

これが公園のトイレだったりしたら、悲しいじゃないですか。盆暮れに帰るのがトイレじゃや。花ちゃんの故郷は、欲しいものはすべて揃っているパラダイス。買い物をして、喫茶店でお茶もできます。レストラン街でご飯も食べられます。そしてまた買い物をして……。

閉店前、花ちゃんは屋上にあがります。

グリーンショップで緑を眺めます。かつてのミニ動物園は今はペットショップになっていて、犬や猫が……最近じゃイグアナやプレーリードッグまでいます。花ちゃんは、なじみのハムスターや亀を眺めます。他にはミニ神社もあるし、ゲームコーナーもあるし、夏にはビアガーデンもできて、冷えたビールをきゅうっとやって。

あるいはベンチに座って、子どもたちを眺めながらタバコを一服します。夏ならサングラスをかけて。冬ならショールを肩にかけて。きれいな夕焼けも眺められる場所です。タバコを吸い終わると、紙袋を両手いっぱいぶらさげて、マンションに帰ります。

花ちゃんは、チップの多いお客の指名をつなぎとめるために、しばしば体も張ります。

デパートは、店内を無数の人間が金を落として通過する流通業です。

そこで生まれた花ちゃんも、その体を無数の男が通過する流通業者なのです。

さらに花ちゃんは、肉体をより効率良く利用できる「愛人」の申し込みを、なじみの建設会社の社長さんから受けて、ホステスをやめました。べつに相手を愛してはいないのに愛人と呼ばれるのは不思議ですが……。

(まあいいや)

愛人は週一、二回の夜間労働です。これで松越ですごせる時間が増えました。

花ちゃんは「松越ゴールド顧客制度」に加入しました。

このカードを持つということは、すなわち松越にVIP待遇されることです。

条件は、年間二〇〇万円以上の購買額。

この会員になると、予約すれば「松の間」と呼ばれるゴールドメンバー専用室で、あらかじめ担当者が客に合った好みの服などを揃えておいてくれてゆっくりと選べるのです。

ゴールド顧客になった花ちゃんには、外商部から専属販売員がついてくれました。

エスコート係です。

高杉さんというハンサムな男性です。

ちなみに、婦人靴売場のシューフィッターの、峰さんという男性もカッコよくて花ちゃんのお気に入りです。峰さんに靴を合わせてもらうたびに、花ちゃんは王子様に靴をはかせてもらうシンデレラになります。

峰さんも高杉さんも、笑顔も物腰もやさしい。ごりおしなどしないのに、いつのまにか、

「じゃあそれちょうだい」

といわされてしまいます。

「高杉さん、私の他にも、専属の顧客がたくさんいるんでしょ」

花ちゃんはちょっと嫉妬《しっと》して聞いたことがあります。

「ええ、でも、あなたのように服の似合う方はそうそういませんよ」

とすこし二人だけの秘密っぽい話でもするように、茶目っ気のある笑顔を見せてくれたりして。

（きっと誰にもそういってるんだわ）

と思いながらも、花ちゃんは幸せになるのです。

今では二日もデパートに行かないとムラムラしてきます。

（なんでこんなに買い物しちゃうのかなあ）

自分でもよくわかりません。

いったん買いだすと、ブラウスを買えばスカートが欲しい、上着を買えばコートも欲しい。酔っ払いのハシゴみたいに、ブーツやバッグも欲しくなります。季節が変わればまた流行の物が一揃い欲しくなります。そして松越デパートには、すべてが揃っているのです。

そこへパチンとバブルがはじけました。

愛人契約した社長の建設会社はあっさり倒産。愛人契約もご破算になりました。花ちゃんのマンションに夜逃げしていた社長さんを、のり込んできた奥さんが襟首をひっつかんで連れ去っていったからです。花ちゃんはダブルベッドに腰かけて、ぼんやり愛の嵐《あらし》を眺めていました。マンションも差し押さえられました。

貯金などしていない花ちゃんは、とたんに貧乏。おまかせ引っ越しパックの運送会社の

人に、

「服や靴の量すごいですねえ、ダンボール足りるかなあ」

とびっくりされながら安アパートに引っ越しました。

（水商売に戻ろうかなあ）

そう思いながらも、とりあえず毎日松越デパートをブラブラ。

サラリーローンでお金を借りたり、ゴールド顧客カードのローン払い制度を使って買い物したり。もうこのごろは、買っても買っても翌日にはまた欲しくなって、買ったまま袖《そで》も通さない服が、せまいアパートの畳のあちこちに小山を作っています。引っ越したときのダンボール箱も、まだ開けないまま積みあげられています。

そんなある日。

エスコート係の高杉さんが、いったん受け取ったカードを花ちゃんに戻して頭をさげました。

「申し訳ありません。これは……使用不能になっております。ご利用銀行口座の残高不足で、かつ当デパートの融資限度額を超えておりまして……」

「あ、そう。ごめんなさい」

花ちゃんはつとめて平静な顔で、包んでもらった服を返して背筋をのばし、頭をさげる高杉さんに見送られて帰りました。

それから数日、花ちゃんは、アパートの部屋にこもっていました。ダンボール箱と服の山の透き間にはまって、花ちゃんはぼんやりとタバコを吸って過ごしました。

（松越にいきたいなあ）

数日後、食べ物もなくなりました。

花ちゃんは立ちあがり、松越で揃えた服や靴やストッキングやパンティできっちりと装いました。松越デパートの紙袋も持ちました。

久しぶりの松越デパートは、明るくて、暖かくて、にぎやかでした。

花ちゃんはウキウキ。

エレベーターでなくエスカレーターで一階ずつ昇って、フロアを丁寧にめぐり、顔見知りの販売員と目が合うと手を振りました。シューフィッターの峰さんを横目で見ました。峰さんは花ちゃんの知らない女の前にひざまずいていました。ばったり会った高杉さんは、別の顧客のエスコートをしていました。花ちゃんはウインクしました。高杉さんは頭をさげました。ちゃんと腰から体を折る、松越デパートの丁寧なご挨拶《あいさつ》です。カードの切れたお客様にも、松越は丁寧なのです。

花ちゃんは、そうやって屋上まであがるとまたいつものようにタバコを一服しました。

いい天気です。

子どもたちが遊んでいます。

日曜のせいか、父親の姿も多い。花ちゃんはタバコを吸い終わると、ベンチに中身の入っていない紙袋を置いて、人目から死角になる空調機の陰に入って、金網ごしに東京の街を眺めました。それからハイヒールを脱ぎかけました。

そのハイヒールが、花ちゃんをとめるように足にすいつきました。

シューフィッターの峰さんが選んでくれた靴です。さすがに足にフィットしています。

「ありがとう……」

花ちゃんは手をそえて脱ぐと、一足二千円のブランドストッキングをはいた足で金網をよじのぼり、跨《また》いで、向こう側に立って、壁ぎわを少し歩いてから、ポンと飛びおりました。まるで、いつも二、三〇万の買い物をして清水の舞台から飛びおり慣れていたから、じっさいに飛びおりるのなんか平気……というようにためらいなく。

翌日そのことが小さく三面記事にのりました。

松越デパート日本橋本店では緊急会議が開かれました。

その席上、花ちゃんがVIP顧客であったことや、警察からの情報で身寄りのなかった

ことなどが明らかにされました。花ちゃんをよく知る、高杉さんや、峰さんも呼ばれていました。彼らは社長の質問に答えて、

「私ども以外にも、このお客様は、各ショップのスタッフに愛されており、みなその死を悼んでおります」

と発言しました。

社長によって下された判断は、松越デパートらしいものでした。

身元不明で無縁仏になるという花ちゃんの遺骨の一部を譲りうけ、屋上にある神社で御《お》祓《はら》いするとともに、そこに骨を納めたのです。花ちゃんは、大好きな故郷に骨を埋めることができたのです。

松越デパートには、すてきなものはすべて揃っています。高級食材、ブランド衣料。屋上には植物や動物もいます。屋上には、霊になった花ちゃんもいます。

松越は、オバケも揃ったデパートなのです。

そんな松越デパートに、花ちゃんの骨を納めて以後、さらに一つの変化がありました。

屋上で迷子になる子どもがいなくなったのです。

子どもたちが遊び疲れてふと振り返ると、そこに必ず親の笑顔がある……。

松越デパートは、そんなすてきなデパートです。

ラブユー桃ちゃん

二〇歳の桃ちゃんの趣味は男です。

桃ちゃんがショートカットなのも、複数のボーイフレンドとの交際を円満に運営するためです。自分の髪が短ければ、シーツに落ちた男の頭髪を別の男が発見して不審気な顔でつまんだとしても、

「あ、私の毛」

で済む、と信じています。桃ちゃんはめんどくさがり屋です。でもつきあってる相手、とくにいちばん気が弱い学くんにはショックを与えたくないし、かといって浮気もしたいので、最小限の努力はしているのです。つきあう男が長髪の場合は、

「ねえ、短い方が似合うよぜったい」

とおだてて切らせます。逆に、

「のばせば？　俺《おれ》さ、髪の長い子が好きなんだよね」

と男にいわれたら、

「そんな男好きする髪型にして、私がモテてもいいの？」

などとあしらいます。こんなことに気をつかうのなら、それぞれのボーイフレンドの部屋を訪ねればよいのですが。桃ちゃんは出無精なので電話があるとつい、

「今？　いいけどー。うーん……じゃうちにきてよ」

といってしまうのです。

桃ちゃんはデパートガール。ホビーフロアの標本コーナーにいます。

（ワタシは生身の方がいいよ）

と思いつつ化石や鉱石などを扱っています。一日立ちっぱなしで二〇歳のみずみずしさをアンモナイトや三葉虫に吸い取られているせいか、休日は部屋でゴロゴロしたいのです。

でも男とも遊びたい。だから部屋に呼んでしまうのです。

それでも男が帰ったあとは、一応次の男のために部屋の点検をします。

タバコの吸い殻の片付け。トイレの便座がハネあがっていないかチェック。

以前、間をおかず別の男がきたとき、トイレから線目になってでてきて、

「おまえ……立ちションするの」

といわれてたじろいだことがあるからです。

それから、ハブラシ。これも問題です。いつのまにかいろんな男の各専用ハブラシが増

えてくるのです。男ごとに出し入れするのはめんどうだし、どれが誰のかわからなくなってしまって。といって名前を書くわけにもいかないので、今は、

「でえいっ」

とコップに無造作にぜんぶの男のを入れて、

「ハミガキが趣味なの」

といってあります。木は森に隠せです。けっこう男の方でまちがわずに自分のを選びます。

それでも観察眼のある男はピンときて、

「毛先の開き方がみんな違うのはおかしいっ」

などとどなって別れ話になったこともあります。他にもバレるといろいろです。泣かれたり。ののしられたり。無言電話されたり。

「死ね死ね死ね」

と長々ファックスを送られたり。そのあとで、

「でもまたつきあって」

というファックスがきたり……。桃ちゃんの体はムチッと弾力があって、一度でも胸などつかんだらもう男の人は忘れられなくなるのです。

そういうドロドロになると桃ちゃんはうっとうしくなって、

（あー懲りた懲りた）

と思うのですがまたいい男を見ると「エヘ」となってしまうのです。

そんな中でいちばん疑わないのは、学くんです。

ふだんからぼんやりで、一緒に散歩していると、石につまずいてバッタリ倒れたりします。だからたかをくくって、つい気を許して、ヤバかったこともありました。学くんとエッチしていて盛りあがったときでした。桃ちゃんの下半身の方にいた学くんがふと顔をあげて、

「ここと、ここに……赤いちっちゃなアザができてるよ」

と、桃ちゃんの太ももの内側を指さしたのです。

（しまったあっ、キスマークだ）

開いた股間《こかん》を、冷や汗が流れました。

「わ、悪い虫に刺されちゃって」

「ふうん。気をつけてね」

学くんはまた顔を伏せました。

（あーあ、犬好きや温泉好きが許されて、なんで男好きは世間に後ろ指さされるのかな）

桃ちゃんは、考えることがあります。

（ケーキ好きがケーキバイキングに走ってあれこれ食べたりするのと同じじゃないの）

それに、桃ちゃんは自然に男を呼ぶのです。「嵐《あらし》を呼ぶ男」は昔の話。今は、

「男を呼ぶ女・桃ちゃん」

彼女のいく所いく所、恋愛が発生するのです。

まず、いけないのは、桃ちゃんの瞳《ひとみ》です。表面がたえず意味もなく濡《ぬ》れています。そういう目で男を見る。近眼なのでさらにじっと見る。これが男の誤解を呼びます。

（おいおい、俺に気があるのかよ）

そうふむと、たいていの男は積極的な態度にでてきます。

「俺とつきあわない？」

そうなると桃ちゃんは、

（え、アタシに気があるの？）

と恋愛が転がりだしてしまうのです。

それに、桃ちゃんは、間口も広い。

顔がいいだけで好きになってしまいます。顔がイマイチでも、優しくされれば好きになってしまいます。顔がイマイチでさらに優しくなくても、プレゼントをよくくれたりする

と物にまどわされて好きになってしまいます。嫌いな相手でも「つきあってくれ」と申し込まれると（さすがにねえアレはイヤだわどう断ろうかしら）と考えているうちにその男のことで頭がいっぱいになって、いつのまにか好きになってしまうのです。

まあそんなだから、ぼーっとした学くんともおつきあいできるわけで。

もともと二人は、高校時代の同級生でした。

でも当時は、話したこともありませんでした。桃ちゃんはテニス部で先輩たちとの恋愛に忙しく。学くんは生物部でシイタケ栽培や、青虫が蝶《ちょう》になるまでの観察に忙しく。それぞれ違う道……対人間、対生物と触れ合って青春していました。

それがクラス会で再会して。居酒屋で隣り合って。桃ちゃんは梅サワーをぐいっと飲んで、

「私さ、デパートガールしてんだ」

学くんはウーロン茶をチビリとやって、

「僕は大学の生物学科をめざして二浪中です。あと、バイトもしてます」

「どんな？」

「部屋でブリードを」

「なにそれ」

「シマリスを繁殖させてペットショップに卸してます」

「……」

「リスって生後二カ月にもなるともう自分でエサを食べるんだけど、小動物用の哺乳瓶《ほにゅうびん》で人肌より一、二度高い温度の犬用なんかのミルクをやるとなつくから、できるだけ自分で授乳してやって……」

学くんは、いきなりマニアックに語りだすのでした。

同じ哺乳類でもヒト科のオスの方がいい桃ちゃんは、リスの話より、そういう今までつきあったことのないタイプの学くんにちょっと興味がわきました。

「斎藤くんてさあ、昔から雰囲気変わってたよね」

「どうも。田辺さんはあいかわらずキレイですね」

「えー、ヤダア」

ぱしっ。なんて、桃ちゃんが学くんの肩を叩《たた》いたりして。

高校時代はなんとも思っていなかった学くんにホメられてちょっと嬉《うれ》しくて、潤んだ目でじっと見たら、メガネのせいで今まで気づかなかったけれど学くんの顔がそんなに悪くもなくて……。

「ねえ斎藤くん、カノジョいるの?」

「浪人ですから。僕のこと愛してくれる女性なんかいないですよ」

なんて学くんがいうものだから、

(えー、かわいい)

桃ちゃん胸がキュン。

電話番号を教え合い、はじめてデートしたのは動物公園でした。学くんが、

「僕んちの近所にあるんだ」

といって自転車に乗せていってくれたのです。桃ちゃんは、

(なによお、どーぶつこーえーん?)

と思いながら荷台で揺れていました。

でも、入場自由の飼育舎で学くんが抱きあげたパンダウサギの、そのやさしい抱き方を見た瞬間、

(あ、好き)

と思ってしまったのです。桃ちゃんは、帰りの自転車の荷台にまたがって、学くんの背中に、自慢の胸をぐぐとおしつけました。

「……うちに来ない?」

こうして桃ちゃんちのベッドに、パンダウサギの毛が落ちたのでした。

数日後。学くんは、風呂敷《ふろしき》にくるんだカゴを持ってきました。

「これ……記念に受けとってほしいんだ」

中にいたのは、興奮して尻尾《しっぽ》をふくらませた、まだサイズも小さなシマリスの子どもでした。

（エッチの記念がなぜリス？）

「これ、オスなんだ」

「……なんでわかるの」

学くんはカゴからひょいとリスを握って取りだすと、裏返しました。

「ほら、ここね。一応、ちっちゃなオチンチンがあるでしょ」

桃ちゃんが二〇年の人生の中で数多く見てきた中の、それは最小のオチンチンでした。

「ちっちゃいね」

「そりゃそうだよ」

二人に触られまくったあとでカゴに戻されたリスは、目が潤んでいました。

「目が潤んでるとこ、キミに似てると思うんだ」

学くんはテレてつぶやきました。

「そーかなあ？　でもさ、私、世話できないよ」

「あ、いいよ。僕がときどき来てするから」

こうして学くんは「ときどき桃ちゃんの部屋にリスのめんどうをみにくる浪人生」になったのでした。そしてしだいに「ついでに桃ちゃんの部屋の掃除や世話もしてくれる男」になっていったのです。

「僕さ、いつも動物のカゴ掃除してるし、慣れてんだ」

どうやらリスのカゴも人間の部屋も区別していない様子です。

ついでにたまっている食器なども手際よく洗ってくれます。テーブルにフキンがあれば無意識に拭《ふ》いているタイプ。お料理もうまくて台所に立ってヤキソバやオムレツなんかちょちょいと作ってくれます。学くんが部屋に来るようになって、桃ちゃんちの冷蔵庫の中は充実しました。リスと桃ちゃん用に、ニンジン、キャベツ、リンゴ、サツマイモなどを差し入れてくれるからです。そのリンゴをリス用には小さくカットし、桃ちゃん用にはウサギ型に剝《む》いてくれたりします。

（……いったい私とリスのどっちに会いにきてるのかしら）

でも、

（私ってば……リスに嫉妬《しっと》してどうする）

と桃ちゃんは自分にいいきかせるのでした。

リスは、元気でした。

「ねえ、コイツ、異常じゃない？」

「え、そんなことないよ、元気な普通のリスだよ」

「そうかなあ。カゴの中でバック転を三〇分もつづけてたりするんだよ」

「運動ハイかな」

「ストレスがタマってるのよ」

桃ちゃんはカゴを開けて放してみました。

リスは、部屋中をグルグル走り回り、カーテンをよじのぼってようやく停止しました。肩で息をしています。そして、

「ぽぽぽぽぽ」

とフンをしました。

「うわあ、やだー、ねえ早く拾ってっ」

学くんは掃除機を持ってきてフンを吸い込んでくれました。ついでにそこいらもガーガー。ベッドの下もガーガー。

「あ、はい……落ちてたよ」

途中でスイッチを切って、学くんがベッドの下から拾いあげて桃ちゃんに渡したのは、

ピアスの片方でした。

（うっ）

桃ちゃんはひきつりました。身に覚えのある男のものだったからです。桃ちゃんの耳にピアス穴はありません。

（ど、どうする）

絶体絶命です。ところが学くんはまた掃除機のスイッチを入れたのです。

（う……うたぐって……ない）

ピアスとイヤリングの違いもわからない学くんなのでした。

部屋にいちばん多くくるのが学くんだったので、桃ちゃんの浮気生活は順調でした。

その日も、

「夕飯作るよ」

とやってきて、学くんは、台所で野菜を切っていました。桃ちゃんは、リスをからかっています。ヒマワリの種をのせた手をカゴの中にさし入れると、どんどん取って頬袋《ほおぶくろ》にためていくのでおもしろいのです。桃ちゃんがときどきエサやりを忘れるので、リスも「あるときに備蓄すべし」という気持ちになっているのかどんどん種をほおばります。

一〇粒……二〇粒。しもぶくれ顔になっていきます。もう、リスというよりオタフク。頬皮はのびてうすくなって、種の先のとがりが外からでもわかります。

「あっはっは」

「こら、いいかげんにしなよ」

台所の学くんが、振り向いていいました。

スキをついて、リスがカゴを脱走しました。ターッと部屋のすみっこに走っていって、桃ちゃんが脱ぎっぱなしのセーターの下にもぐりました。

「あっ、ヤバい」

桃ちゃんがセーターをめくると、リスはもう、

「うぷぷぷ」

と、唾液《だえき》漬けの保存食を、袖口《そでぐち》付近に吐きだしているのでした。湯気がでています。

「あーっやられた。ねえ、早くとってえ」

「……もう、しょうがないなあ」

学くんにティッシュでつまんでもらいます。

「ねえ……ちょっとコンビニいってきていいかな。デザート買ってくる」

桃ちゃんは、急に、別の男に電話をかける約束を思いだしました。

「え、いいけど。じゃ、野菜炒《いた》め作るの、キミが帰ってきてからにするね」

学くんはリスとお留守番です。ヒマなので、また掃除機をかけることにしました。

ざっと全体にかけた後、掃除機のT字型の先端ノズルをはずしました。部屋の四隅のホコリを吸い込んで。ちょっとそのままホースを脇《わき》に置いて、散乱したCDや雑誌を片付けました。カーテンにつかまっていたリスが降りてきたことには気づきませんでした。そうして着地したのが、ちょうど脇に置いてスイッチを入れたままのノズルの口あたり。

ぞぼっ。

妙な音に、学くんは振り返りました。

んぼぼっんぼっ。

(え?)

詰まったような吸引音がつづき、やがて本体の紙パックに何かが収まる音がしました。

(まさか……)

カーテンを見ると、リスがいません。

(うわあ……)

あわてて本体の蓋《ふた》を外しました。紙パックを取りだします。ピピッと破けば舞い立つホコリ。

丸虫になったリスがいました。

気を失っていたのか、リスは三秒ほど丸いままでした。学くんが触るとパチと開眼。

「何？」

という目でした。飼育歴の長い学くんもリスの、

「何？」

という目ははじめて見ました。学くんがつかもうとするとリスは逃げました。部屋を走り回り、すみでじっと動かなくなって、また、

「ここはどこ？　私は誰？　リスって何？」

という顔をしているのでした。

でもとりあえず学くんは、

「ああ、良かったあ」

とホッとしました。

しかし。それはつかのまのホだったのです。

破いて散らかしてしまった紙パックの中のゴミの中に、ふと淡いピンク色。

それが、使用済みコンドームだったのです。学くんはそんな捨て方はしません。もっと

ちゃんとティッシュにくるんで……。

帰宅した桃ちゃんは（あれ？）と思いました。

日がもう暮れかかってきたのに学くんは電気もつけず、肩を丸めて正座していたからです。

「何やってんの？　あ、あーちょっとなによ、散らかして……」

学くんは黙っていました。そのそばに、破かれた紙パック。ゴミに混じって例のブツ。

桃ちゃんも息をのみました。

二人、静止。

ターッ。

リスが二人の間を走り抜けました。尻尾がふくらんでいます。まだ掃除機パニックです。

桃ちゃんの慌てた脳裏に、すばやく幾つかのいいわけが浮かびました。

（風船の代わりにふくらませて遊んだ）

（氷嚢《ひょうのう》の代わりにした）

（リスがした）

どれにしようか神様のいう通りだもうっ……と考えているうちに、先に立ちあがって寄ってきた学くんに、ぱしりと平手打ちされたのです。

学くんが暴力をふるったのははじめてでした。ぜんぜん痛くないけれど一応暴力。

「帰る」

学くんは桃ちゃんの脇《わき》をすり抜けました。泣いていたみたいです。

学くんは連絡をたちました。掃除する者のいない桃ちゃんの部屋はもう荒野。

(おしまいかな)

男との別れには慣れている桃ちゃんも、いつになく落ち込みました。

リスが右から左へ部屋を横切って走っています。もうあの日から放し飼いです。掃除機ショックを受けていらいリスも変。なにか性格が野生化しています。

(彼がいなくって……私とリス……生きていけるかな)

桃ちゃんの目が潤んでいます。目の前に男がいなくても。

「使い終わったコンドームを掃除機で吸うべきではない」

と心から反省しました。

リスのフンが散乱した部屋。桃ちゃんの部屋だかリスの小屋だかもうさだかでありません。そんな部屋のベッドの中に、桃ちゃん自身も埋もれていました。

風邪をひいたのです。そこへ、

「ピンポン」

とチャイム。

学くんの、カムバックでした。恋人の罪を許し、涙の川をのりこえてきたのです。スーパーの袋を両手にさげて。昨夜桃ちゃんから「ごめんなさい……うっ、ゴホッ、ゴホッ」という電話を貰《もら》って。風邪薬やヒマワリの種やうどんや野菜などを持って。

学くんは、煮込みうどんを作ってくれました。

丼《どんぶり》をうけとる桃ちゃんの目が熱でさらに潤んでいます。鼻水もたれています。学くんはリスにもエサをやりました。学くんを見つめるリスの目も潤んでいます。

「なんで風邪ひいたの？」

「え？　うん、薄着しててね。ふうふう」

ああ……うまい。

ウソでした。本当は、別の男にうつされたのです。学くんに去られたショックをまぎらわせようとしてデートして……。

食べ終わり、上気した頰で「ねえ」と桃ちゃんはティッシュの箱を手渡し、ふとんの脇を持ちあげました。

「え、だ、だめだよ、風邪なんだからまだそういうことは」

学くんも赤くなりました。

「ちがうってば。片付けて、コレ」

ふとんの中に、リスが頬袋からだしたエサの塊があったのです。学くんは「ふう」といって、その保存食を片付けました。うどんを食べて元気のでた桃ちゃんは、またふとんにもぐりこみました。学くんは食器を洗っています。

（……気持ちいい）

桃ちゃんは目を閉じました。安心です。いい夢をみられそうです。

夢の中で、桃ちゃんがいったい誰とデートするのか。

それは桃ちゃん自身、わかりません。でもそれがたとえ学くんでなくても、学くんに気づかれる心配はありません。寝言で桃ちゃんが男の名を呼ぶことはまずないからです。そのためにふだんから誰に対しても「ねえ」ですませているからです。

「ねえ……ありがとう、許してくれて」

愛する人のために、桃ちゃんは努力する女です。

学くんは、真剣に食器を洗っています。聞こえなかったのか、黙っています。

ガラスの心の健さん

健さんは、ショックに弱い男性です。

奥さんが別の男に走って家をでたときは、

（死んじゃおう）

そう思って、まだ二歳の赤ん坊を背中にくくりつけて、海に向かいました。

結婚前にデートした茅ケ崎《ちがさき》海岸です。

（ああ）

二人でこの砂浜を、走りました。彼女の白い細い腕をつかまえて、息をきらす彼女の唇をはじめてふさぎました。砂にLOVEと書いた文字を、波がさらっていきました。

でも彼女のお腹に健さんの子が入ってからは青春走りもできなくなり、赤ん坊が生まれてしばらくすると、ある日、海辺を疾走する代わりに、男に向かって彼女はかけていってしまったのです。

「圭子おおおおおおお」

相模灘《さがみなだ》からつづく太平洋の水平線に向かって叫ぶ健さんの無精髭《ぶしょうひげ》のはえた頬《ほお》に、涙が光ります。

波も光ります。千のナイフのように健さんの胸を刺します。赤ん坊のアゴもヨダレで光っています。

砂浜を、沖に向かって歩きだしたときでした。

赤ん坊が火のついたように泣きだしたのは。

健さんは、ハッとしました。

(あたちは生きていたいもん、父ちゃん一人で死ねば)

といわれたような気がしたからです。

「ごめんな、ユカ。うう……父ちゃんを許してくれ……」

赤ん坊は腹がへっていたのと、海風で冷えて大量のオシッコをもらして濡《ぬ》れた尻《しり》が気持ち悪いのと、急に健さんが絶叫したのとで、ピクッとして泣いたのです。

岩陰に赤ん坊を降ろし、健さんはボストンバッグからオムツをだして替えました。そのあと岩場でカニや小魚を拾って、カラになった哺乳瓶《ほにゅうびん》に海水と一緒につめて、電車に乗って、『カラスが鳴くからかーえろ』と夕焼けに向かって歌いながらまた品川のアパートに帰ってきました。

その小魚は、すぐに死にました。

そりゃ死にます。相模灘から、東京都の水道水に塩を一つまみ入れた洗面器に、ミルクくさい哺乳瓶経由でいきなり移住させられたのですから。

健さんは、横浮きしている魚の白目に、ショックをうけました。

健さんはぼーっと、ユカちゃんはじーっと、浮いた魚を見ていました。

健さんは印刷屋さんです。自宅をかねる小さな作業場で、スーパーのチラシや年賀状の文字印刷の下請けをしています。だからユカちゃんとはいつも一緒にいられます。でも子育ては大変。

いいえ、ユカちゃんだってがんばっています。粉ミルクでも、

「母乳にちてよね」

と文句もいわずぐびっぐびっと一気飲みで、元気に育っています。

逆に健さんはこの半年でがっくり痩《や》せました。食欲もないし子育てで睡眠不足。だいいちまだ奥さんが家出したショックから立ち直っていないのです。思わずほおずりすると、無精髭をユカちゃんに「ホッぺ、いたいいたいっ」と叱《しか》られます。

ユカちゃんが泣きやまないので、健さんはユカちゃんを背負って町へ散歩にでかけました。とぼとぼ歩いて、今まで入ったことのない横町に入ったとき、

「オトトっ」

背中のユカちゃんがバウンドしました。魚の絵のついた看板です。熱帯魚専門のペットショップでした。二人は店に入りました。

水草がゆれ、魚たちがゆったりと泳いでいます。美しくて、健さんはドキドキしました。背中のユカちゃんも足をバタバタして健さんの尻をキックキック。

「うん、うん、きれいだなあ」

そのうち健さんは、店長らしい男性がこっちを……赤ん坊を背負った、お疲れ顔の自分をチラチラと見ているのに気づきました。健さんと同じ三〇代半ばくらいの人です。タワシのような髭が、アゴの先にくっついています。健さんは、ヤモメ姿を好奇な目で見られることには慣れています。何か買いたくなりました。熱帯魚を何匹か買うことにしました。

「ユカ、どれがいい？　どれでも好きなの買ってやるよ」

三歳のユカちゃんが二〇万円と値札のついたアロワナというデカい魚を指さしたので無視して、小さくて、腹から尾にかけての赤色がかわいいネオンテトラを買いました。

帰ると健さんは、湯沸かしでぬるま湯を洗面器にくんで魚を放しました。

(熱帯魚、ということは、熱帯地方にすむ魚である)

そう健さんは思ったのです。だから少し温かい水が良いだろう、と思ったのです。

翌日。ネオンテトラは、ドザエモンになって全滅していました。

健さんはまた激しくショックをうけました。

何がいけなかったのか。恥ずかしいけれどもう一度店へいって、店長のアゴタワシに事情を説明しました。

「お湯に入れた？　うーん」

アゴタワシは呆然《ぼうぜん》としていました。でも初心者の無謀には慣れていて神のような境地に至っているのか、親切にいろいろ教えてくれました。健さんは納得し、もう一度買い直すことにしました。小さな水槽やエアポンプも一緒に。

アゴタワシは、その一式を健さんの自宅まで配送してくれて、設置も手伝ってくれました。水草や岩も配置して。タニシとヌマエビは苔《こけ》とり用。濾過《ろか》装置やサーモスタット・ヒーターや蛍光灯もつけたら、すきま風の入る健さんちより良い環境になりました。

「あとこれ。娘さんにプレゼント」

エアポンプの先にくっつける水中アクセサリーのカバを、オマケにくれました。カバは、口を開閉してカバカバと酸素の泡をだしました。

こうして子育てに魚育てが加わりました。

観賞魚というわりに、観賞してばかりもいられませんでした。エサに掃除に、手間がかかります。でも飼ってみるとかわいい。見ていて飽きません。

ユカちゃんもよく、にらみつけるような真剣な目で見ています。

あるとき、おとなしく水槽を眺めているな、と思って「ユカ」と声をかけたら、振り返ったユカちゃんが熱帯魚を口におし込んでいました。

「うわーっ、食うなーっ」

魚を奪われたユカちゃんは、ぴーっと泣きました。頭にきたのか、びたんびたん、水槽を手で叩《たた》きました。熱帯魚たちは逃げまどいます。

「よせっ、死んじゃうぞっ」

その予言通り、数日後、魚はみな浮いていました。

(うわあああっ)

健さんはショックをうけました。熱帯魚店にいって、

「あんた、弱いのを売ったんじゃないの?」

アゴタワシにいうと、ムッとされました。

「ストレスだよそりゃ。まだ新しい環境にもなじまないのにおどかすからだ」

アゴタワシは、水槽をユカちゃんの手の届かない高さにあげるため、専用のアングル台を持ってきてくれました。ユカちゃんは、地団駄をふんで怒りました。

「……困ったな」

「……どうしようか」

二人で対策をねって、大型熱帯魚のエサ用の安い金魚、いわゆる「エサ金」を一匹与えて世話をさせることにしました。

「いいかいユカちゃん、もうおどかしちゃだめだ。大事にしてあげるんだよ。これは、キミのお魚なんだからね」

アゴタワシは、じゅんじゅんと、四歳になったユカちゃんに諭しました。

ユカちゃんは、こくんとうなずきました。

自分がまだこのあいだまで赤ん坊だったのに「アカちゃん」と名づけたその朱色の金魚をつかんで「イイコイイコ」と撫《な》でているのを健さんに目撃されて元に戻される事件はあったものの、遊び相手にしたい気持ちを我慢するようになりました。自分がうどんを食べるとそれをやり、自分がパンを食べるとそれをやり、自分がアイスクリームを食べるとそれもやろうとして、

「そういうのはやめろ、そんなのやると死んじゃうぞ」

と健さんにおどかされてベソをかきながらかわいがっています。

一方、健さんの水槽は二つになり、ネオンテトラの他にグッピーも加わって、熱帯魚た

ちの成長も順調です。健さんの飼育技術もアップしました。水道水に塩を入れていたころとはもう別人。

　家事の腕だってあがっています。今朝も台所で、カボチャを煮付けています。前はダシもとらない煮汁にいれていたのに、今はちゃんとおいしくコトコト煮えています。

「だめーっ」

　居間から、五歳になったユカちゃんの声がします。

　電話帳にのって背伸びして、久々に、禁じ手の水槽叩きをびたんびたん……。

「こ、こらユカっ」

「だめーっ、赤ちゃん食べちゃだめーっ」

「ええっ!?」

　いつのまに生まれたのか、グッピーの水槽におびただしい数の稚魚です。それをグッピーたちが、よってたかって食べているのです。そういえば一匹腹がふくらんでいた。ところが親だったとおぼしきヤツまでつられて必死で食っているではありませんか。

　健さんはショックをうけました。

「愚かなことは、よせえええっ」

　といわれても魚たちはよすわけもなく。

アゴタワシに緊急電話です。

「なにっ？　そうか、グッピーとか種類によっちゃ稚魚を食っちまうんだ」

「ま、まだ、残ってる赤ちゃんもいるんだよナオちゃんっ、なんとか助けたいっ」

「よし、じゃ早くすくって分けろ健ちゃんっ」

「わかったっ、じゃあなっナオちゃんっ、ガチャン」

二人、もうナオちゃん健ちゃんの仲なのです。アゴタワシは直次郎というのです。


ユカちゃんが小学校にいくようになり……、そして一〇年がたちました。

水槽は居間だけでなく仕事場にも増えています。健さんは、アストロやナイフフィッシュといった大型肉食魚にも手をだしています。エサとして金魚を与えるので、

「やだ、お父さん、かわいそう」

と、細く抜いた眉《まゆ》をしかめるユカちゃんも、もう一七歳。

金魚のアカもまだ生きています。

エアレーションもつけた大きな水槽に移って、たっぷりの酸素を吸って、元は無名のエサ金だったとは思えない二〇センチものデカさになって悠々と泳いでいます。エサだって
ユカちゃんはもううどんなんかやりません。金魚はもともと胃袋のない魚です。だから消

化吸収されやすくて水も濁らないフレーク状の金魚専用のエサをやっています。天然色素も入っているので、もとはうすオレンジだったのが、見事に赤いボディです。なんだか健さんが手をかけなかったわりにユカちゃんも金魚もピチピチ元気に育っているのです。

アゴタワシは、タワシに白いものが混じって、でもやっぱり健さんと仲良しで、よく家にきては水槽に囲まれながらお酒を飲んでいます。アゴタワシはまだ独り者です。いつだったか「どうしてかなあ」とユカちゃんが健さんに話したら、健さんは「いいじゃないか、いろいろあるんだ。そんなことアイツに聞くなよ」といっていました。

(男の人たちって変なの、いいじゃん聞いたって)

とユカちゃんは思います。

健さんはますます熱帯魚にご執心ですが、ユカちゃんは近ごろは人間の男に興味があるのです。

とくに、同級生のちょっとナンパな宮城くんに。だから夏休みに入って彼から電話があって、デートに誘われたときは、

(やったっ)

と思いました。池袋のサンシャイン水族館でウーパールーパーを見てるときに「チュッ」と頰《ほお》にキスされたときもすごく嬉《うれ》しかった。だからユカちゃんも、「チュッ」とお返

しをしました。水槽でないものにユカちゃんがキスしたのはこれがはじめてでした。もうこうなったら止まらない青春の欲望。

「明日、親いないんだ。うちにおいでよ」

といわれて、彼の家を訪ねたのです。

晩になって、空を雷雲が覆いました。

バリバリッ、ドドーンッ。

「きゃあっ」

しがみつくと同時に停電です。あとは……ラブラブ。

一方、健さんはそのころ、何度も家をでたり入ったりしていました。ユカちゃんが宮城くんと交際していることさえ健さんは知りません。だから女友だちの家に電話したり、雷雨の中、傘もささず近所の公園を探したり。

で、バリバリッ、ドドーンッ。

ショックをうけた健さんの表情はでも、ふっと暗闇《くらやみ》に消えて。街灯も消えて。あたりは真っ暗。近くの、たまにいく飲み屋がロウソクを灯《とも》すのに頼ってその店で雨宿りして。でも心配で心配で。

「大丈夫よ健さん、もう一七なんだから」

と、女の第六感か意味深な励まし方をするオカミにお酌されて飲むうちに酔ってそのままカウンターで寝込んでしまい、気がついたらオカミも先に帰っちゃって翌朝になっていたのです。

健さんは吐きそうになりながら全力疾走で帰りました。

ところが娘はまだ帰っていません。

（ああっ、もう警察へ届けよう）

と思った瞬間、健さんは、部屋の様子のおかしさに気がつきました。

四方の壁に並んだ水槽の魚たちが……。

全部浮いていたのです。

いえ、ヨロヨロとまだ泳いでいるものもいます。でもそれもフラフラの背泳ぎやカレイ泳ぎ。

「うわあああああああ」

夏の一夜の停電が……、水温の上昇が、命とりでした。

がくり。畳に手をついて。健さんは四つん這《ば》い。はあはあ呼吸も荒い。胸が苦しくなって、そのままうずくまりました。

（あーあ、父ちゃん、怒ってるだろなあ）

　大人への階段を勝手に昇って、ユカちゃんが帰ってきました。でも健さんは、怒るどころか静かに倒れていました。魚たちも死んでいます。救急車を呼び、アゴタワシにも電話して、ユカちゃんは泣きながら、

「ナオおじさんっ、早く来てっ」

　と叫びました。

　健さんは目覚めました。

「ショックと、過労もありますね」

　と診断されました。命にはぜんぜん別条ありませんでした。でも記憶がとんでいました。倒れる数日前からの記憶です。ユカちゃんが無断外泊したことも、自分が雷雨の中を捜し歩いて飲み屋で酔いつぶれたことも覚えていませんでした。ユカちゃんは、

（あ、ラッキー）

　とちょっと思いました。

　熱帯魚が全滅したことも、健さんは覚えていませんでした。

「しかたなかった。停電だったんだから。うちもけっこう被害にあった」

　アゴタワシは静かに説明しました。

「えっ」

健さんは、同じことで二度もショックをうけ、しばらくベッドの上で硬直していました。

アゴタワシは健さんの肩に手をかけました。

「また最初から作ろう、な、俺《おれ》も手伝うから」

健さんは、子どもみたいに、こくんとうなずきました。

金魚のアカは、ぜんぜん無事でした。

健さんが退院して帰ってくると、何事もなかったかのように、水面から鼻をだしてエサをねだりました。

「こいつは、俺が大きくしたんだよね」

「え……アカは、あたしが育てたんだよ。ねえ、ナオおじさん」

ユカちゃんは、ちょうど退院祝いにやってきたアゴタワシと顔を見合わせました。

「違うよ、これは俺が育てたんだもん。なあ、ナオちゃん」

「これはあたしのっ」

アゴタワシは、アカについて健さんが冗談で記憶喪失のフリをしているのがなんとなくわかるので、おかしくてうつむいていました。

「いーや、これは俺がここまでデカくした金魚だ」

ユカちゃんはマジで頭にきました。

「違うっ、あたしが育てたんだよ。父ちゃんは失敗ばっかしてたじゃん」

顔が赤くなっています。

「父ちゃんは、自分の熱帯魚、バンバン殺しちゃってたじゃんっ」

「俺が育てた……金魚だもん」

「違うってばっ」

ユカちゃんは、突然、赤ん坊のように「うえーっ」と泣きだしました。

そうして健さんの背中に突進してきて、どしんとぶつかってしがみつきました。

「父ちゃんが育てたのはあたしだよっ。男手一つで苦労して育ててくれたんじゃないかあっ」

「……ユカ。あ……え」

健さんは、ショックをうけました。背中にぐいぐいあたる娘の胸が、ムリムリと豊かだったからです。

（うわあ女だ）

うつむいていたアゴタワシは、いつのまにか目がしらを押さえています。アゴタワシは、健さんが倒れたと聞いたとき、とてもショックだったのです。

健さんは、娘を背中に感じながら、ふと昔を思いだしました。

（そういえば、あのときも泣かれたなあ）

赤ん坊だったユカちゃんとさまよった茅ケ崎の海岸……。

健さんは、まるで水平線を眺めるような遠い目で、壁の水槽を見渡しました。

みんなカラです。アゴタワシとユカちゃんが、悲しいものを見せないように退院前に掃除したのでしょう。

（俺に残っているのはもう……娘一人と友だち一人の……二人だけか）

健さんは、さみしいような気持ちになりました。でも、

（いや……、俺には、二人いる。二人もいるんだよな）

と思い直しました。

（あのとき……海で、死ななくて良かったなあ）

「おい健ちゃん」

アゴタワシが、なんだか我慢できなくなったように笑いました。

「それにしても、たくさん魚殺したよなあ、オマエ」

ユカちゃんもププッと吹きだします。

健さんは頭をかきました。

「それは、いわないでくれよう」

わが名はピーコ

私はピーコ。黄色いセキセイインコです。

八〇歳になる信太郎さんと暮らして一五年になります。

信太郎さんて、インコマニア。

私がいないと、さみしいんです。子どもはいないし奥さんも亡くなってますから。先祖からうけついだ、鎌倉にある、日本家屋にしーん。週に三回家政婦の佐伯《さえき》さんが来てくれるくらい。うす暗い屋敷の中で、全身レモン色の私だけがなぐさめ、希望、光……なんてね、ピピ、自分でいうと、照れちゃいますけどね。

まあ私だって、信太郎さんになついてます。生後三週間目くらいから手のひらにのせて育てられちゃいましたからね。

信太郎さんの手のひら……生命線だかシワだかわからないシワがいっぱい、脂気なし、ちょっとタバコ臭い手のひらの上で、ヒナのときに、温かいアワダマを竹ベラですすらせてもらいました。ついでに「ピーコ、ピーコ」って話しかけられて。三ヵ月もしたら私も

ふっと……、

「ピー……コ」

って。いえるようになっちゃいました。

そういう育ちのせいでしょうね。私、人間を恐れません。むしろふれあいたい。自分でも社交的なセキセイインコと思います。

え？　それにしても同棲《どうせい》一五年は長いねって？　いやですよ。小鳥、そんなに長生きじゃありません。私はね、七代目なんです。七代目ピーコ。

初代ピーコは、電動肩叩《かたたた》き器のコードを齧《かじ》ってて感電死。

二代目は、寝返りをうった信太郎さんにつぶされてムニュッ。

三代目は、窓のスキマから侵入した野良ネコにもてあそばれて。

四代目は長生きしました。目が小さくなり、羽の艶《つや》も消え、脚や指も固くゴワついて、天寿をまっとうして亡くなりました。

五代目はハデでしたね。ガラス戸に激突。

六代目も負けてない。飛んでて、湯豆腐鍋《なべ》の中にじゃっぽーん。一瞬、鳥の水炊《みずた》きになりました。

六代目までの平均寿命は一・五歳ですよ。短いですねえ。

で、七代目の私は現在六歳。まあまあ長生き。

でもね、私もちょっと信太郎さんをヒヤリとさせたことがあるんです。

私、頭がいいから。歴代のピーコの中でも、断トツと自負してます。玄関まで信太郎さんのお見送りにもでるし。ついでに信太郎さんが玄関開けた瞬間、バタバタバターッ。思いきって羽ふったら、体が浮いて。自分でも、

（おいおい、飛んでるよーっ）

つまり脱走。

私、長いコトバも記憶できるんです。なにしろ頭いいから。住所だって信太郎さんから繰り返し吹き込まれてました。で、発見者に、

「多岐河町二丁目　原口さんちの　ピーコ」

とうまく喋《しゃべ》れて。送り届けられました。

このあたりから信太郎さん、私の風切羽、マメにカットするようになりましたね。

え？　六代目までのピーコの亡きがら？　埋まってますよ、庭に。

いつだったか信太郎さんも、ギョッとしてました。ピーコの亡きがらを抱えて穴を掘ってたら、先代ピーコの黄色い羽がでてきちゃって。

でも見なかったことにしてました。

見なかったことにして、また懲りずに黄色のセキセイインコを買ってきちゃピーコって名づけるんです。

だから私も、こうしてね、しらっと。

『何事もなく一五年間信太郎さんと生きつづけているピーコ』

として。語っちゃうわけですよ。

信太郎さんの趣味、私にコトバを吹き込むことですしね。私もがんばってます。

「信太郎さん、すてき」

とか、いわされます。不本意ですけどね、いってあげます。

老人ですからね。奥さんも先立ってますし。ヒマなんです。

家事だって、通いの家政婦さんがやってくれてますし。

あるんですよ、お金は。信太郎さん、資産家の生まれだし、親の残した財産抱えて、広い屋敷に一人暮らし。ほんと、放し飼いの私が迷いインコになるくらい。広いですよお。

家政婦さんも、お掃除がたいへん。

あ、家政婦さんね、佐伯さんていいます。五二歳。グラマーです。胸なんかまだ垂れてません。お尻《しり》もいい感じ。プルンとふりながら働いてます。ご主人が丈夫でないらしくて、佐伯さんも働いて家計を助けています。

佐伯さんの手。いつも、ゾウキンやフキンや洗濯物、つかんでいます。手に小鳥のっけることなんか、ありません。

でも信太郎さん、「佐伯さん、ありがとう」なんていったことありませんね。私には「ピーコピーコ」って、目尻さげるんですけどね。もともと、愛想が悪いんです信太郎さん。近所づきあいも、あまりない。

市役所の福祉係の人にも無愛想。一人暮らしの老人が、死んでないか見にきてくれるのに。

地域ボランティアの人にも無愛想。週に一度、お弁当を運んできてくれるのに。不機嫌な顔で、うけとってます。老人だけど、信太郎さん腰もスッキリ。曲がってません。ボランティアされることが、感謝しなくちゃいけないことが、ちょっと腹立たしい。

そんなだから信太郎さん、好かれません。

顔つきが不機嫌だから。とっつきにくいと思われちゃう。奥さんが亡くなってからは、息子さんたちだって寄りつきゃしない。私の前だと、よく喋るんですけどね。人間には無口。とくに感謝のボキャブラリーが少ないんです。亡くなった奥さんにだって、生前やさしい言葉、かけませんでしたよ。手のひらにのせて育ててもらうと、わかるんですけどね。悪い人じゃないんですけどね、信太郎さん。

まあでも。

家政婦の佐伯さんは、別に気にしてないみたい。

雇い主の顔がなんだろうと、関係なし。もうプロですからね。

老人は老人。恵比寿顔《えびすがお》だろうと鬼面だろうと、あるときぽっくりいっちゃうイキモノ。

佐伯さん、そう理解してます。

家政婦稼業をはじめて間もないころは、ショックだったみたいですよ、佐伯さんも。

お世話する老人が亡くなるたびに、号泣してたみたい。一、二年の短いサイクルで号泣の繰り返し。でも、老人を転々とするうちにね、泣かなくなりました。いえ、一生懸命お世話はします。でも亡くなったら、

「次の老人があるさ」

みたいな気持ち。

信太郎さんも同じですよ。

代替わりしようと「いつも同じピーコ」。そう思って、かわいがるんだもの。

佐伯さんも「どれも同じ老人」。そう思って、お世話してます。

それに佐伯さん、どっちかっていうと、必要なことしか喋らない。

忙しいですからね。週三回。四時間ずつのうちに、たまった洗濯物やら掃除して、オカ

ズの作りおきもしなきゃならない。バタバタしてます。老人一人の世話といってもほら、お屋敷広いから。もうバタバタ。廊下も長いから。ゾウキンがけもフウフウ。そんな運動量の多い佐伯さんが、どうして太っていられるのか。

私には、不思議ですね。

台所で、里芋の煮っころがしなんか作りながら、すっと箸《はし》で刺して、煮えたかどうか確認して、すっと刺さったんだから放しゃいいのにそのまんまつまみ食いするせいかしら。

私、見てるんですよ。放し飼いだから。

つまみ食いだけでなく、佐伯さん、ちょいとオカズを取り分けて、タッパにつめて自分ちへ持ち帰っちゃうんです。

でも私、小さい目で、大目に見てます。

ほら、佐伯さんのご主人、体が丈夫じゃないみたい。だから佐伯さんも働いて……あ、これ、いいましたね。オカズくらい、持ち帰ってもね。告げ口しません、私。

信太郎さん以外の人から教わったコトバは身につかないし、私、悪口のボキャブラリーが、足りないんです。

それにしても。佐伯さんの旦那《だんな》さんて、どんな人なんでしょうね。痩《や》せてるんじゃないかしら。佐伯さんが持ち帰ったオカズも、残しちゃったりして。その残りを「あらもったいない」なんて。佐伯さん食べちゃうんじゃないかしら。だから旦那さん痩せてて。佐伯さん太ってるんじゃ？　なんてね。ふふ。私、想像しちゃいます。佐伯さん眺めながら。私も、ヒマなんでしょうかね。

ときどき信太郎さんもね、佐伯さんをぼーっと眺めてます。

とくに背後。お尻のあたり。

ポッテリしたお尻。左右に揺れれば、

（……マリリン）

信太郎さん、そう思ってます。八〇歳の信太郎さんからすれば、五〇過ぎの佐伯さんはギャルですからね。

（……触りたい）

絶対、そう思ってます。信太郎さんてムッツリスケベかも。じっさいには、「マリリン、ご飯まだ？」なんて呼んだこともないし、お尻にタッチしたこともありませんけどね。我慢してます。

人間て。ほんと。体裁、気にしますね。取り繕いますね。

佐伯さんにしたって、そう。

前にね。ふとんをあげて押し入れを閉めたとき、ちょうど下にいた六代目ピーコをね。

やったんです佐伯さん。押し入れのふすまが、トン、と音を立てて閉まらなかった。

（あら……）

足元を見下ろしたら、黄色いクッションがはさまってて。

「ひいっ」

佐伯さん、腰が抜けました。膝《ひざ》もガクガク。もともとね、体重のせいで、ちょっと弱いんです膝が。

そのとき信太郎さんはお昼寝中。佐伯さん、弱い膝に鞭《むち》打って、すごい勢いで屋敷をでましたよ。交番に自首？　いえ、ペットショップに直行。くたびれたガマグチから五千円。日給フイ。もう成鳥になってるセキセイインコの中から、

「この、黄色いの一つっ」

と里芋や大根でも買うように買ってもどって、部屋に放したんです。

これが六代目その二のピーコ。

まもなく昼寝からさめた信太郎さん、ピーコに会いにきました。

ピーコ、がに股《また》歩きで逃げまどいました。

「……？」

しかも、喋らなくなっちゃった。

いろいろ、コトバを教えたのに。

「信太郎さんて、お若いのね」

とか。

「佐伯さん、ちゃんと掃除してね」

とか。

なのにいきなり無口。いきなり他人行儀。

そばで洗濯物たたんでいる佐伯さんも無口。

「どうしたピーコ？」

悲しそうに信太郎さんがつぶやくそのわきで、佐伯さん、静かにパンツ、たたんでました。

その、六代目その二のピーコがほら、家になじめなくて、見さかいなく飛んで、あげく、水炊きになって。他界した後なんです。私が跡目をついだのは。

信太郎さん、また一から訓練。

私はね、かしこい方でしょ。覚えましたよ。ただし、何を覚えるかは、私の気まぐれ。「ホーホケキョッ」だの「ミーンミーンミーン」だの、ふざけたこと朝晩繰り返されてもね、無視。信太郎さん、けっこう、いたずら、なんですよね。ムッツリお茶目。

でも私も気が向けば、信太郎さんのつぶやいた「よっこらしょ」を一発で覚えちゃったり。ま、こっちだって多少はね、気分ですよ、気分。

でも、最初に覚えさせられた「ピーコ」。これはどうしても無意識にいっちゃいますね。「ピーコピーコ」って、自意識過剰の若い娘さんみたいで、自分で恥ずかしいですよ。

いっそ、声色も、かわいげがありゃいいんですけどね。低いんです。

人間の老人の信太郎さんが、覚えさせたから。セキセイインコって、声色も覚えちゃうんですよ、けっこう。

そうねえ、考えてみれば私、自分の声って知りませんね。

信太郎さんの声だけ覚えてきたし。それを繰り返すためにしか、声帯、使ってきませんでしたから。今となっては、自分の声がどこにあるのかも不明。

仲間でもいればね。話もできて。

恋人でもいればね。ささやきもできて。

だけど一羽、でしょ。つい、鳥の声を忘れた鳥になっちゃいました……ふう。あ、でもねっ、見たことはあるんですよ、仲間。セキセイインコ。

一回だけね、野生化したのを。

脱走して生きのびたんでしょうね。ある日、庭のキンカンの木にとまってました。窓から、見えたんです。九月でした。キンカンの実が、コロンとふくらんでました。つついてます。佐伯さんや信太郎さんが見たら追い払ったかもしれません。二人とも、収穫、楽しみにしてるから。

実を、砂糖煮にするんです。

佐伯さんが作ります。ノリの佃煮《つくだに》の空き瓶七本分くらいできます。その一瓶は、佐伯さん、こっそり持ち帰っちゃいますけどね。キンカンの実の砂糖煮はノドにいい。きっと旦那さん、風邪もひきやすいんでしょうね。

あ、鳥の話でした。

そう、青空をバックにね、きれいな鳥声で歌ってましたっけ。

私、息つめてバードウォッチング。

ステキ、と思いました、鳥の声。マネしてみたけど、鳥の声、けっこう難しいですね。

そのうちに、野良インコはいっちゃいました。空を切って。私は信太郎さんの声で、

「さようなら」

っていいました。これは教えてもらってたんです、信太郎さんに。

あ、すいません。ノド渇いたんで、水飲んできました。

……と。そうそう。ピーコだってね、別の人の声だったことも、あるんですよ。

初代は「奥さんの声」だったんです。

え？　もちろん実際に初代を見たわけじゃありません。信太郎さんと佐伯さんの会話からわかってきたこと。インコですからね、過去形なんかで話せないんです。

で、初代のピーコを飼ったのは、奥さんだったんです。

息子たちが独立して、飼いはじめました。黄色にしました。

「見ていると元気になる色よね」

信太郎さんも、うなずきました。

奥さん、あまり姿を見せない息子たちより、

「ピーコの方がかわいいわよね」

って、よくいってました。それを、初代ピーコも覚えちゃって。

「ピーコの方がかわいいわよ」

って繰り返しちゃって。ちょっとナルシスティック。

奥さんにも、溺愛《できあい》されてましたしね。

奥さんの気配り、マニアックでしたよ。愛情を注いだ息子たち、お嫁さんにとられちゃいましたしね。ヒマ、だったんでしょうね。カルシウム補充にはイカの甲。ミネラルには塩土。ヒエやアワだけでなく、ニンジンやカボチャも与えました。信太郎さんと散歩にでかけた途中でも、近所の河原でハコベやナズナなんか見つけると、ピーコのために摘みました。

信太郎さん、奥さんが亡くなってから、よく夢を見ます。河原で奥さんが草をつんでいる姿。そのしゃがんだ、お尻《しり》。

「お尻好き」

なんですね、信太郎さん。

まあそれはそれとして。その奥さんが、急に亡くなっちゃったんです。信太郎さん、ぽやあとしていました。

ところが。奥さん、復活したんです。昨夜亡くなったのに、翌朝。

「おはよう」

って声をかけたんです、信太郎さんに。信太郎さん、ザワッと白髪総立ち。部屋を見渡すと、でも奥さんの姿はなくて。初代ピーコでした。信太郎さん、ピーコを手のひらにのせました。

はじめて泣けました。息子たちにも見せなかった涙。

それからは、朝には「おはよう」、寝るときは「おやすみなさい」

奥さんの声が、いってくれるんです。

信太郎さん、奥さんの声をたよりに、立ち直っていきました。

でもその初代がね、ほら。最初にいった通り、マッサージ器のコード齧《かじ》ってて。

「ビリッ」

でしょ。

奥さんの声も消えました。

信太郎さん、本当に一人ぼっち。もうインコも飼うまい、と決めました。

ところが。そのうちやっぱりね。鳥不在の生活に、我慢できなくなりました。買いましたね、初代と同じ、黄色いヒナを。

「ピーコ」と呼び、「おはよう」と教え……。ついに二代目も生後三カ月で、

「おはようっ」

ところが信太郎さん……がっかりしたんです。

もう奥さんの声の「おはよう」じゃなかったから。なんか、低い声。それが、自分の声

「……お……おふう」

のマネだと気づいて。信太郎さん、わざと裏声。ファルセットで「おやすみなさーい」なんて、やってたりしましたけどね。バカみたいなんで、やめました。

ピーコは、ピーコとして代を重ねて、信太郎さんと、暮らすようになりました。

まあ気にしませんからね、私ら鳥は。飼い主の顔つきなんて。信太郎さんが不機嫌そうな顔だろうと、くちばしでつついてあげます。信太郎さんも、七代目の私なんかには、

「ピーコピーコ。おまえがいるだけでいいよ」

なんて。かつての奥さんと同じようなこと、いってます。

でも、信太郎さん、男ですからね。

カゴの掃除なんかいいかげん。じっさいマメに世話してくれるのは佐伯さん。カゴの底に敷いた新聞紙にフンなんかたまると「まあまあ」ってさっさと取り替えちゃう。

でもさすがに巣箱の中まではね、佐伯さんも無視してて。私の代になってはじめて、あるとき徹底的にキレイにしたくなったらしくて、カゴの屋根外して、木箱の巣をだして、蓋《ふた》を開けて、ひっくり返して、ポンポン、と叩《たた》いてくれました。

私、見てました。佐伯さんのわきで。

ポンポン。すると……コロンて。

落ちたんです。

多分、亡くなった奥さんの指輪です。きっと初代ピーコが化粧台からくわえてきたやつ。キャッツアイ。時価どれくらいかしら？　税金は？　私が何羽買えるのかしら、なんて私が計算してる間……佐伯さん、じっと見つめていました。

いつもは、ゾウキンやフキンが握られている佐伯さんの手のひら。私だって、のせてもらったことない手のひらの上に、キャッツアイ。

似合わない。

私、そう思いましたけどね。私、光るもの、大好きですから。

佐伯さん、あたりを……うかがいました。

佐伯さんの目もキャッツアイ。

握った手を、エプロンのポケットにつっ込んで。その日、佐伯さん、早足に帰っていきました。

でもね。それきりですよ。佐伯さんがそういうことしたの。

私は、光るオモチャを佐伯さんに横取りされたもんで、ちょいとムッとしちゃって。だから、数日は、佐伯さんを監視してたんです。まーた私の巣箱、ひっくり返すんじゃないかしら？　って。

でもそれきりでしたよ。佐伯さんが、ポケットに、何か入れたの。

信太郎さんは当然、ずっと気がつきませんでした。そして永遠に、気がつかなくなりました。ある日ね。いつものように、お昼前、佐伯さんがきてみたら。まだ眠ってて。廊下で声をかけても返事がないんで。ふすまをそーっと開けてみたんです。そのとき、佐伯さんの手、震えてました。もう、ベテランですからね。直感、くるんです。

「……おじい……ちゃん？」

しーん……。

佐伯さん、腰抜かしませんでしたよ。六代目が死んだときは、抜かしたのにね。手際も良かった。バタバタ。あっちこっち電話して。ピーポーピーポー鳴るものがきて。ドヤドヤ。息子さんや親戚《しんせき》の人や他人がいっぱいきて。なんかすごい、屋敷にぎやか。

私、避難しましたよ。台所に。

佐伯さんも台所にいました。「お茶お茶」とぶつぶついいながらヤカンやナベでお湯わかして。「茶碗《ちゃわん》、たりないたりない」って。

その揺れるお尻を見ながら、私、思いました。

信太郎さんとうとう、このお尻に触れなかったんだわ、って。

息子さんたちは、佐伯さんのだしたお茶をうけ取りながら、

「オフクロ……指輪なんかも、たくさん持ってたよな」なんて、話してました。

佐伯さんドキリ。台所へ、また、ひっ込みました。

親戚の人たちも、

「遺書は……？」「あったのか？」なんて低い声でいいながら、部屋じゅうを点検してます。

信太郎さんのことを思いだしているの、私だけみたい。

「寺は……？」「焼き場は……」なんて声も聞こえます。

ヤキバ？

以前、信太郎さん、私が悪さをすると、よくいいました。

「こら、ヤキトリにしちゃうぞピーコ」

たとえば、肩にフンをしたときとか。読む前の新聞をちぎって遊んだときとか。信太郎さんが薬を飲むための水で水浴びしたときとか。

私、お茶碗洗ってる佐伯さんの後ろに、近づきました。

「ピーコ、ありがとう」

って、とりあえず、覚えたてのコトバ、いってみました。

佐伯さんまたドキリ。振り返りました。誰もいないんで、足元を見下ろして。

「まあまあ、あんたのこと、忘れてたわ」

「ピーコ、ありがとう」

私、繰り返しました。

信太郎さんが、昨夜、私を手のひらにのせて、涙を流しながら、何度もいったコトバ。これは不思議とすぐに覚えられました。信太郎さんの、いつもよりしゃがれた、低い声の感じもうまく再生できました。だから佐伯さんもハッとしたんですよ。信太郎さんが喋ったように聞こえたんで。

「ピーコ……ありがとう」

「ピーコ……ありがとう」

「ピーコ……ありがとう」

佐伯さん、笑いました。私を、壊れたと思ったみたい。

信太郎さんの、遺言なのに。

まあいいんです。私、佐伯さんに聞かせてたわけじゃないんです。

六回。繰り返しました。六代のピーコたち全員分に向かって、いったんです。

信太郎さんの代わりに。

最後に、私は自分に向かって、信太郎さんの声で、

「ピーコ……ありがとう」

それから、

「……ありがとう」

これ、オマケです。亡くなった奥さんへの分です。で、もう一回、

「……ありがとう」

これ、佐伯さんへの分です。

佐伯さん、私を放って、その辺、拭《ふ》いてます。この台所ともお別れ。だから板張りの床なんか、拭いてます。そのゾウキンが、私の足元まできて。佐伯さん、あらためて、私をじーっと見ました。

「……」

「……」

次の瞬間でした。バッ。佐伯さん、私をひっつかみました。

やだあ、私、キャッツアイじゃないのにっ。

暴れたいけど、グッとつかまれて。脱いだエプロンにクルクルッと巻かれて。手提げ袋に押し込まれちゃいました。

佐伯さん、息子さんたちに適当に頭さげて、足早に、お屋敷をでました。

袋の中で、私もドキドキ。佐伯さんと私、夜の空気の中にでました。
私は見えませんでしたけどね、いーい星空の晩だったみたい。
「あ、流れ星……」って、佐伯さん、いってましたから。
信太郎さんが、乗っているのが見えたんでしょうか。星の手のひらに。
予感がね。するんです。私、こんどは佐伯さんちで飼われることになる。
佐伯さん夫婦も、信太郎さん夫婦みたいに、ピーコを飼いつづけるようになる、って。
ピーコ、ピーコ……。
『わが名は、不滅』……。

本書は、平成十年十二月に読売新聞社から刊行された「偏愛」を改題の上、刊行しました。

めろめろ

犬丸《いぬまる》りん

角川文庫 11822

平成十三年一月二十五日　初版発行

発行者――角川歴彦

発行所――株式会社角川書店

東京都千代田区富士見二―十三―三

電話　編集部(〇三)三二三八―八四五一

営業部(〇三)三二三八―八五二一

〒一〇二―八一七七

振替〇〇一三〇―九―一九五二〇八

印刷所――旭印刷　製本所――コオトブックライン

装幀者――杉浦康平

落丁・乱丁本はご面倒でも小社営業部受注センター読者係にお送りください。送料は小社負担でお取り替えいたします。

定価はカバーに明記してあります。

い 43-3　ISBN4-04-345703-0　C0193

角川文庫発刊に際して

角　川　源　義

第二次世界大戦の敗北は、軍事力の敗北であった以上に、私たちの若い文化力の敗退であった。私たちの文化が戦争に対して如何に無力であり、単なるあだ花に過ぎなかったかを、私たちは身を以て体験し痛感した。西洋近代文化の摂取にとって、明治以後八十年の歳月は決して短かすぎたとは言えない。にもかかわらず、近代文化の伝統を確立し、自由な批判と柔軟な良識に富む文化層として自らを形成することに私たちは失敗して来た。そしてこれは、各層への文化の普及滲透を任務とする出版人の責任でもあった。

一九四五年以来、私たちは再び振出しに戻り、第一歩から踏み出すことを余儀なくされた。これは大きな不幸ではあるが、反面、これまでの混沌・未熟・歪曲の中にあった我が国の文化に秩序と確たる基礎を齎らすためには絶好の機会でもある。角川書店は、このような祖国の文化的危機にあたり、微力をも顧みず再建の礎石たるべき抱負と決意とをもって出発したが、ここに創立以来の念願を果すべく角川文庫を発刊する。これまで刊行されたあらゆる全集叢書文庫類の長所と短所とを検討し、古今東西の不朽の典籍を、良心的編集のもとに、廉価に、そして書架にふさわしい美本として、多くのひとびとに提供しようとする。しかし私たちは徒らに百科全書的な知識のジレッタントを作ることを目的とせず、あくまで祖国の文化に秩序と再建への道を示し、この文庫を角川書店の栄ある事業として、今後永久に継続発展せしめ、学芸と教養との殿堂として大成せんことを期したい。多くの読書子の愛情ある忠言と支持とによって、この希望と抱負とを完遂せしめられんことを願う。

一九四九年五月三日